心仪已久的经典，永不落架的好书！

## 作者简介

戈勒特·维维耶，1898 年出生于法国巴黎，1932 年投入儿童文学写作，擅长描绘儿童的心理及个性，尤重家庭与教育的价值。1939 年，她的作品《我的小小幸福》为她赢得了法国青少年文学奖。代表作还有《四方八面的家》和《门打开了》：前者完成于二战期间，讲述了战争期间孩子们的生活和遭遇；后者写于 1955 年，描述的是战后人们贫乏的生活和富裕的心。

## 译者简介

沈珂，南京大学文学博士，现任教于华东师范大学法语系，已出版多部译作。

# 我的小小幸福

[法] 戈勒特·维维耶 / 著

沈 珂 / 译

湖南少年儿童出版社
HUNAN JUVENILE & CHILDREN'S PUBLISHING HOUSE

·长沙·

# 生命需要力量、美丽与灯火

今日世界已进入网络时代，网络时代的新媒体文化——互联网、电子邮件、电视、电影、博客、播客、视频、网络游戏、数码照片等，虽然为人们获取知识提供了更多的选择和方便，但阅读依然显得重要。时光雕刻经典，阅读塑造人生。阅读虽不能改变人生的长度，但可以拓宽人生的宽度，尤其是经典文学的阅读。

人们需要文学，如同在生存中需要新鲜的空气和清澈的甘泉。我们相信文学的力量与美丽，如同我们

1

相信头顶的星空与心中的道德。德国当代哲学家海德格尔这样描述文学的美丽：文学是这样一种景观，它在大地与天空之间创造了崭新的诗意的世界，创造了诗意生存的生命。中国文学家鲁迅对文学的理解更为透彻，他用了一个形象的比喻：文学是国民精神前进的灯火。是的，文学正是给我们生命以力量和美丽的瑰宝，是永远照耀我们精神领空的灯火。我们为什么需要文学？根本原因就在于我们需要力量、美丽与灯火，在于人类的本真生存方式总是要寻求诗意的栖居。

《全球儿童文学典藏书系》（以下简称《典藏书系》）正是守望我们精神生命诗意栖居的绿洲与灯火。《典藏书系》邀请了国际儿童文学界顶级专家学者，以及国际儿童读物联盟（IBBY）等组织的负责人，共同来选择、推荐、鉴别世界各地的一流儿童文学精品；同时又由国内资深翻译们，共同来翻译、鉴赏、导读世界各地的一流儿童文学力作。我们试图以有别于其他外国儿童文学译介丛书的新格局、新品质、新体例，为广大少年儿童和读者朋友提供一个走进世界儿童文学经典的全新视野。

根据新世纪全球儿童文学的发展走向与阅读趋势，《典藏书系》首先关注那些获得过国际性儿童文学大奖的作品，包括国际安徒生奖、纽伯瑞奖、卡耐基奖等。国际大奖是一个重要的评价尺度，是界定作品质量的一种跨文化国际认同。同时，《典藏书系》也将目光对准时代性、先锋性、可读性很强的"现代经典"。当然，《典藏书系》自然也将收入那些历久弥新的传统经典。我们希望，通过国际大奖、现代经典、传统经典的有机整合，真正呈现出一个具有经典性、丰富性、包容性、时代性的全球儿童文学大格局、大视野，在充分享受包括小说、童话、诗歌、散文、幻想文学等不同体裁，博爱、成长、自然、幻想等不同艺术母题，古典主义、浪漫主义、自然主义、现实主义、现代主义和后现代主义等不同流派，英语、法语、德语、俄语、日语等不同语种译本的深度阅读体验中，寻找到契合本心的诗意栖居，实现与世界儿童文学大师们跨越时空的心灵际会，鼓舞精神生命昂立向上。在这个意义上，提供经典、解析经典、建立自己的经典体系是我们最大的愿景。

童心总是相通的，儿童文学是真正意义上的世界性文学。儿童文学的终极目标在于为人类打下良好的人性基础。文学的力量与美丽是滋润亿万少年儿童精神生命的甘露，是导引人性向善、生命向上的灯火。愿这套集中了全球儿童文学大师们的智慧和心血，集中了把最美的东西奉献给下一代的人类美好愿景的书系，带给亿万少年儿童和读者朋友阅读的乐趣、情趣与理趣，愿你们的青春和生命更加美丽，更有力量。

《全球儿童文学典藏书系》顾问委员会

　　本书荣获法国青少年文学奖，后被法国教育部选作教育用书。

　　欢迎来到阿丽娜·杜拜的幸福小家。她住在巴黎流行街区的一栋建筑里，和爸爸妈妈、姐姐和弟弟住在一起。她以日记的形式记录了一个20世纪30年代普通家庭的小女孩两个多月的日常生活。她谈论她的家庭、朋友、"敌人"、邻居、学校老师、同学、作业、新裙子，并分享她的快乐、烦恼、痛苦以及当她的母亲要离开很长一段时间时，她不得不承担的超出她年龄的责任……每一件小事、每一种感情都真切而细腻，打动人心。这份在成长历程中追寻幸福、感受幸福的记录，对她、对他人而言，有着弥足珍贵的意义。阅读着阿丽娜的日记，我们呼吸着昔日法国的浪漫芬芳，感受着平常生活中的点滴幸福，回味着童年的快乐和成长。

戈勒特·维维耶是1930年代至1980年代重要的青少年文学作家之一。她写了许多小说，这些小说继承了塞居尔伯爵夫人（*Comtesse de Ségur*）和夏尔·维尔德拉克（*Charles Vildrac*）的风格，但与前辈们的作品不同的是，她的故事背景通常设定在城市，特别是巴黎流行街区。她带领读者深入孩童的世界，理解他们的困境。团结、友善、宽容是永恒的主题。在文学方面，戈勒特·维维耶展现了真正的对话才能。通过这本日记中的小片段，她以活力、敏感和幽默讲述孩子们日常生活的所有小事，用简洁的语言来描写孩子们细微的情绪和心理变化，以引起读者的共鸣和思考为主要目的。这部小说写得非常美妙，充满张力，没有一丝皱纹。它完全有资格与《草原上的小木屋》《小尼古拉》或《苏菲的烦恼》等伟大的童年故事并列。

法国当红视觉艺术家、图画书作家塞吉·布洛克（*Serge Bloch*）绘制的迷人插图为阿丽娜·杜拜的童年故事增添了愉快、活泼的色彩。

**2 月 10 日　星期二**

　　我叫阿丽娜·杜拜，到今年的8月16日，我就满11周岁了。艾丝特12岁。罗盖6岁半。我们住在雅克蒙街13号乙，正对着煤炭商的那间屋子。对爸爸来说，住在这里是最方便不过了，因为他就在街角马尔蒂乃先生自己开的木作坊工作，不必走太多路。可我们觉得这里没什么好，人行道太窄，连造房子游戏都没法玩。不过也只好这样了。

　　我和艾丝特睡在正对煤炭商的房间，隔壁是厨房。我们俩睡一张床。真讨厌，艾丝特睡觉的时候老是踢我，不但如此，她还常把被子拽到自己那一边，我醒来时，常常被冻得缩成一团。不过，我们还是开心地嬉笑，临睡前，我们聊长大后变成优雅的太太的样子，想象着未来丈夫的模样，东拉西扯。罗盖听我们说着（他睡在餐厅），忍不住大声问："你们在笑什么？"我们不理他，他很生气，于是故意喊来妈妈，想让我们挨骂。妈妈过来了，可等她一进门，我们就装作熟睡的样子。这一套，我们早就驾轻就熟了。

　　我有洋娃娃、红弹球、小零食，还有一辆踏板车，可是我不太喜欢这些玩意儿，倒是罗盖常常拿去玩。至于书嘛，有《咪咪流浪记》《旅行汽车》《大卫·科波菲尔》。我通常更喜欢令人伤心、让人有点想哭的故事，但是必须有大团圆的结局。

在学校里，我的图画课成绩一直是第一，可除了画画，其他的，我就不敢说好了，特别是数学、地理、历史，还有作文。老师说我的拼写、语法错误百出。要是被她看到我的日记，不知她会有何反应。她会给我打零分，肯定的，可是每个小地方都要注意，这实在是太费事了！

还有什么呢？我喜欢吃冰冻栗子、南瓜汤和巧克力奶油。我不喜欢婆罗门参、牛肝和醋汁韭葱。我以前出过麻疹，还好是麻疹，不是水痘。我和艾丝特都有深绿色的连衣裙，到了星期天，还能穿上蓝色的天鹅绒裙子，配上小饰带，真是漂亮得不得了。

我想差不多就这些了吧。

## 2月11日　星期三

好惨的一天啊！我哭啊哭，哭得心口疼，整块手帕都湿透了。事情是这样的，我昨天晚上做了一个好梦，我想讲给艾丝特听，没想到她用手捂住耳朵，不愿听我说。她总是这样，她的梦，我必须听她从头讲到尾，讲着讲着，她还不断添油加醋，可一轮到我想讲我做的梦时，她就装聋作哑。

"不听算你倒霉，我讲给罗盖听。"我心想。

罗盖呢，他很喜欢听我说我的梦，不过这是有条件的，那就是我得先给他洗膝盖。那么脏的膝盖还要我帮他洗！

他对我辩解说："不是我的错，我一直扮骆驼，昨天也是，在课间的时候。"

我建议他也可以让其他人扮扮骆驼，可是他说他扮的是最好的。

这倒说得不错，不过聊着聊着骆驼，我就把讲梦的事情全忘记了，别提有多糟糕啦！

"算了，至少，在学校里，一切都会越来越好的。"我暗暗地想。

可是，我想错了。

多丽丝老师宣布："我向大家提一个很有意思的问题，你们觉得，法语中哪个词最美？赶紧找！"

尽管我们觉得一点都不好玩，可也得装出有意思的样子。卡曼·方图第一个举手，喊道："Sagesse（智慧）！"我太了解她了，一个虚伪的人，她这样说，是因为想让别人认为她一直是个乖孩子。维奥兰特·波迪奥说是"Caramel（焦糖）"，因为她爱吃焦糖；西奈特·雅高说是"Vacances（假期）"；雅克琳娜·莫施说是"Noël（圣诞节）"；玛丽·高丽乃说是"Soleil（太阳）"；露露·多拜说是"Dormir（睡觉）"。总之，每个人都说了自己最喜欢的那个词。

"这些词都过于一般。"多丽丝老师叹息道，"我们大家一起听听阿丽娜的答案，她总是富有想象力，来，为我们找一个更好一点的词！"

富有想象力！我感觉自豪极了，心想，一定要找一个有趣的词，让大家都捧腹大笑。我找啊，找啊……啊，有了！我脱口而出："Torticolis（歪脖子）！"

我的目的确实达到了，所有的同学都笑得前俯后仰，连眼泪都流出来了，唯独多丽丝老师没有觉得好笑。

她对我说："你简直让我不敢相信，你就真的认为'Torticolis（歪脖子）'是法语中最美的词吗？"

我辩解说："我真的很喜欢这个词，是真的，还有……还有……"可我的话刚说到一半，就被大家疯狂的笑声打断了。我紧紧咬着自己的嘴唇。我试着去想一件伤心的事，不过没有用，我还是忍不住笑出声来。

多丽丝老师朝我指了指走廊："去外面待会儿吧，这样能让你平静下来！"

唉！我被关在了门外，一直关到下课，我的操行分拿了个"鸭蛋"。这个处罚太过分了。不就是让我发挥我的想象力吗，不管我有还是没有？我确实有想象力，可现在却因为有想象力而遭到惩罚！"妈妈会理解我的！"我自我安慰道。我没想到妈妈知道后大为光火："要是你姐姐干这样的蠢事，还情有可原！"她甚至不愿意再抱抱我。我独自躲在门帘后面掉眼泪。没有人爱我，这就是事实。为了惩罚他们，我应该要出水痘，甚至得伤寒，要是那样的话，又会怎么样？

啊，不开心真是一件伤心的事！

## 2月12日　星期四

今天下午，我们不知道玩得有多痛快！因为妈妈给了我们每个人1.5法郎，让我们去观看白色广场上举行的庆典，我一直都想去那里看看。我有点兴奋过头了，一不留神，洗盘子的时候，打碎了一个茶托（蓝色茶杯的茶托），真可惜！

妈妈让我们牵着罗盖的手，不要走丢了，可她没说是让我还是艾丝特牵着，于是我们两人争论起来，最后决定一人牵他一只手。罗盖很不高兴，不过就像艾丝特所说的，我们年龄比他大，他就得听我们的。

可没过多久，我们又开始吵起来，这次是因为三个人想看想玩的东西都不一样。我们各自喊着——罗盖说："坐飞机！"艾丝特说："玩旋转木马！"而我，我更喜欢荡秋千，特别是那些红色的秋千。最后，我们还是选择了旋转木马：转一圈是50分，价钱不贵，更重要的是，木马很漂亮，而且转动的速度非常快……一会儿往上，一会儿往下，往上，往下……一开始，还觉得很好玩，可慢慢地，感觉有点滑稽，而停下来的时候，我甚至觉得有点不舒服。

艾丝特对我说："听我说，我们去买点牛轧糖，吃了你就马上好了！"

于是我们出发去买牛轧糖，可突然传来吧嗒吧嗒的声音！这声音是从一间绿色的小木屋传来的，是游戏机。我们挤到第一排。原来是一个打扮得五颜六色的小丑，爬上了一架梯子，从大转轮的后面拿出一件件漂亮的小玩意儿展示给人们看。

他大声喊道："走近一点，再走近一点！每转一次都有奖品！有葡萄酒、香槟、餐具、小折刀、勺子、天鹅绒扶手椅、糖果、靠垫、花瓶、摆钟……50分一次，只需50分啊，你就可以买到你想要的家用必需品！"

"啊，要不我们也去试试，就转一次？我好想转到那个花瓶，放玫瑰多合适啊！玩不玩？"艾丝特说。

"玩，玩！"我们一起叫道。

我花了50分，选了数字5，罗盖选了8，艾丝特选了2。

转轮转起来，停下。

"数字8！"

"是我！"罗盖大喊，"我要小折刀！"

我们决定再玩一次，三个人都选了数字8，真没想到，8又赢了！运气真好！我们的脸涨得通红通红的，好像干了坏事一样，大家都盯着我们看。罗盖挑了一块大牛轧糖，艾丝特如愿以偿地得到了她的花瓶，可我不知道该选什么。

"快点选！"小丑嘟哝着，收起了他的笑脸。

选什么呢？靠垫？还是摆钟？我最后指向了摆钟，可我的手指抖个不停，小丑误以为我要的是靠垫。没关系，靠垫也十分不错，是蓝色天鹅绒的，底下还绘了一只金色的天鹅。于是，我们走出了小木屋，满载而归。妈妈惊呆了！她把我的靠垫放在餐厅那张古老的扶手椅上，正好盖住了原来留在扶手椅上的那滴墨渍。妈妈原本想把艾丝特的花瓶放在壁炉台上，贝壳箱旁边，可艾丝特不愿意，说这是她的花瓶。

"放在这里，或者放在别的地方，不都是你的花瓶嘛。"妈妈对她说。

可艾丝特开始唉声叹气，撒娇地说她就想要这个花瓶，一定要这个花瓶。终于，花瓶被拿进了我们的房间，放在梳洗台上。有了这么一个庞然大物在旁边，洗脸洗手还真不方便呢！不过，艾丝特心里还是乐开了花，她不停地亲妈妈，把妈妈亲倒在扶手椅里，正好靠在了我的靠垫上。我们围坐成一个圈，随着音乐，哼唱起来：

转一次，我们赢一次，靠垫，靠垫，小靠垫；
转一次，我们赢一次，美丽的水晶小花瓶！

"疯姑娘，疯姑娘！"妈妈不停地重复说，"你们就不能懂事一点？都这么大了。"她边笑边说。

　　爸爸回来了，当他看到我们有这么多好东西的时候，他说该好好庆祝一下，于是他下楼去买蛋糕，当作饭后甜点。罗盖和我的是手指形巧克力泡芙，艾丝特的是草莓蛋挞。我要是早知道，肯定也选草莓蛋挞，因为巧克力泡芙里几乎没有奶油，不过还是很好吃。

　　吃完晚饭，我们一起玩多米诺骨牌。尽管爸爸一直唱着"每一局，我都赢"，可一点也不起作用，每次都是他输。我们笑个不停，连隔壁的波迪奥太太都纳闷我们家发生了什么事，让维奥兰特过来看看。

## 2 月 14 日　星期六

谜语：为什么洗衣妇从来没有消化不良的问题？

谜底：因为她们不仅衣服洗得干净，饭菜也做得干净。

这个谜语有意思吗？是西奈特·雅高上缝纫课的时候说给我听的。

### 星期六下午

今天下午，因为罗盖，我不能去学校上课了。爸爸始终不让罗盖自己切面包，可这下好了，他为了试试那把漂亮的小折刀，趁爸爸看报纸、妈妈倒咖啡的时候，偷偷溜进厨房，用小刀切了面包。他一刀切下去，只见鲜血沿着他的小短裤流下来，一直流到地上！妈妈赶紧用手帕包住他的手指，可是血还是渗出来，罗盖大声哭闹，吵得我和艾丝特也跟着他掉眼泪，而妈妈已经吓得脸色发白。

她说："天哪！我真不知道该怎么办，血流得太多了，最好还是带他去看医生吧！可我不行，2点之前，我必须把给夏洛特婶婶的毛衣送到邮局去……爸爸他又快迟到了……那就你吧，艾丝特，你送罗盖去？"

艾丝特不愿意：马上临近自然科学考试了，这门课她一直拿第一。所以就只剩下我了。可我也有点不乐意，不完全是因为错过了数学课，还因为课间我们做假扮旅行的游戏，今天正好轮到我扮妈妈，真是可惜。我把罗盖带到医生那里，他很害怕，不过还算听话。医生用双氧水为他清洗了大拇指，涂上了粉色的药膏，包了纱布，扎了一条很粗的绷带。医生为了安慰他，还送了他5颗橡皮糖。一共花了2法郎，我们走的时候，罗盖又开始沾沾自喜，他竖起大拇指，活像一支蜡烛。不得不承认，这包扎，还有染上血的短裤，连在一起，还真有蜡烛的效果，一定有人以为他是在演戏！

走到家门口，门房不幸太太迎上来，高举着双臂："出什么事啦？啊！小可怜，怎么受伤了呢？"

我把前因后果详详细细地跟她说了一遍后，她给了我们一人一颗防感冒的焦油糖。这糖一点都不好吃，不过我们不敢拒绝。所以我们一走上楼梯，就赶紧吐掉，再吃一颗橡皮糖，赶走嘴巴里那股怪怪的味道。

没想到大家都听到了我们的谈话。走到三楼，门开了，我听出是伯吕施奶奶带着些许担忧，低声说话的声音，还听到诺艾米小姐回答说："我一点都不觉得奇怪，这样长大的孩子，什么事情都可能发生！"

诺艾米小姐一见了我们，就把我们请到她家里，问我们到底是怎么回事。

罗盖轻声对我说："去吧，说不定，她会送我们点什么呢！"

没错，她家有黑加仑。我跟她描述的时候，伯吕施奶奶也进来了，手里拿着两小罐奶油布丁，原本她是为她的孙子加布里埃尔做的。还热着呢，非常美味！

"吃吧，吃吧！"她对我们说，"这个开胃，遇到这样的事，该有多害怕呀！我不敢想象这要是发生在我那弱不禁风的加布里埃尔身上会怎样。"

等我们吃完，诺艾米小姐把吃剩的小罐子拿给她的狗——米戴尔，让它舔舔。我已经听够了，我对她们说，我们要上楼，好让罗盖早点把脏的短裤换下。

罗盖说："只到了一户人家家里就结束啦？我倒觉得被人家问长问短也是件有趣的事情呢！那方图一家呢？还有波迪奥太太呢？他们会不会也来问我们？"

"你再叫唤得大声一点，他们就会听到了。"我说。

正当罗盖试着提高点嗓音时，波迪奥太太几级一跨地上楼来，到方图家拿她刚在那里洗的衣服。她用湿漉漉的大手一把抱起罗盖，哄他，宠着他。

"哦，碰到这样的事，应该奖励一颗糖，是吧，小宝贝？"

罗盖朝我眨了眨眼。

"随你吧，波迪奥太太！"

我们每人得到了4颗糖，还有一块米做的蛋糕，有我的拳头这么大！最后，我们连咽都咽不下去了，特别是一边还要跟大人们讲述着发生的一切。

"你们的妈妈应该到方图家里找我的，这种包扎我会做。"波迪奥太太说。

正在这时，诺诺开始大声叫喊（他正在长牙）。我们离开了，波迪奥太太对我说，维奥兰特4点钟的时候会帮我把作业和星期一要准备的功课带回来。

趁着这段时间，我急急忙忙地收拾了一下原本乱糟糟的客厅，扫地的时候，我发现了地上的小折刀。罗盖把它拿起来，又回头看看手上的绷带。

"还是切得很完美啊，我的小刀！"他说着，满脸的陶醉。

## 2 月 15 日　星期天

这就是我们这栋房子，上面有所有房客的名字。我本来想画成彩色的，可我的水彩笔不知道放哪里去了，而艾丝特又不愿意把她的借给我用。

1. 门房不幸太太。是爸爸先开始这么叫她的，因为她总是唉声叹气："不幸啊，不幸啊！"她丈夫淹死了，而她总以为自己得了重病。不过妈妈说她其实没有病。

2. 正待出租。

3. 杂货商方图一家。整一层楼都是他们家的，但也应当这样，因为他们一家三口实在太胖了，一间房子肯定容不下他们三个人！他们的女儿卡曼和我同班，不过我不喜欢她。每次考试的时候，她老是监视我们，我们一交头接耳，她就告诉老师。

4. 伯吕施奶奶和胖嘟嘟的加布里埃尔。加布里埃尔跑得很慢，一天到晚就知道吃。

5. 诺艾米小姐。她是位裁缝，我们的蓝色连衣裙就是出自她的手。

6. 波迪奥夫妇、维奥兰特、阿尔蒙和诺诺。阿尔蒙特别让人讨厌，而维奥兰特是我最知心的朋友。

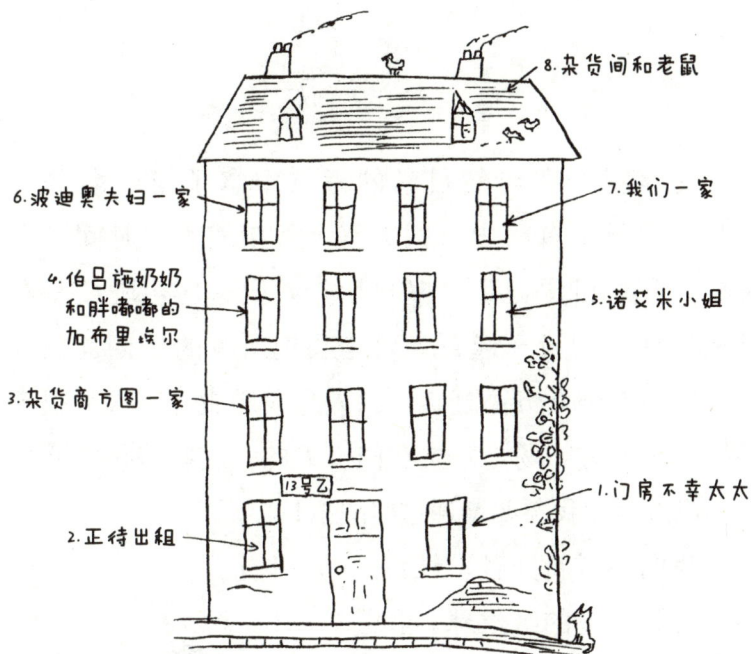

6. 波迪奥夫妇一家

4. 伯吕施奶奶
和胖嘟嘟的
加布里埃尔

3. 杂货商方图一家

2. 正待出租

13号乙

8. 杂货间和老鼠

7. 我们一家

5. 诺艾米小姐

1. 门房不幸太太

我们这栋房子

7. 我们一家。左边第一扇窗是餐厅，第二扇窗是
爸爸和妈妈的卧室。我和艾丝特的卧室在后面，厨房
也在后面。

8. 杂货间和老鼠。

在元旦那天，楼梯被重新漆了一遍，淡绿色的，
底下镶着一条深绿色的边，很漂亮。

## 2 月 17 日　星期二

　　艾丝特又在自然科学的考试中拿了第一名，真棒！我明天也有历史考试。整个百年战争，时间可真长啊！我最讨厌记那么多日期，妈妈答应今晚要是有时间的话，帮我一起背。可是我把所有的日期都搞混了，特别是圣女贞德赶走英国人那段历史，有很多很多场战役，没有一场是发生在同一天的。这些战役太麻烦了，但是至少我不要遭遇这些战争！

　　我们买了新拖鞋，红色的，带着可爱的绒丝球。我的那双稍微有点大，不过我可以在顶端塞点棉花。

　　中午吃的炸薯条太硬了。都是我和艾丝特的错：妈妈要下楼去买沙拉，嘱咐我们看好火，可我们光顾着玩猜谜游戏，把炸薯条的事情全都忘了。

　　晚上，我们喝了南瓜汤。

　　赶紧，快去背日期吧！

016

## 2月18日　星期三

我讨厌圣女贞德！我以为自己对查理五世时期的事情都了如指掌了，可没想到，真倒霉啊！我至少写错了9处地方，甚至可能10处。我写的是奥尔良在卢瓦尔河的南侧，不过现在想想好像不是这样。卡曼·方图这个蠢货幸灾乐祸地看着我，嘴里还不断地说着："不会吧，这么简单，这么简单！"而且维奥兰特也这么觉得……我真想大哭一场。

### 星期三晚上

| | |
|---|---|
| 1根棒棒糖 | 0.15法郎 |
| 1支红色铅笔 | 0.25法郎 |
| 2块焦糖 | 0.10法郎+0.10法郎=0.20法郎 |
| 总共0.60法郎 | |

可我只有0.50法郎。怎么办呢？是少买一块焦糖呢，还是找爸爸帮我付红色铅笔的钱？说到底，这是用来做功课的！这样的话，我就能买：

| | |
|---|---|
| 1根棒棒糖 | 0.15法郎 |

2块焦糖               0.20法郎

3份甘草             $0.05$法郎 $\times\ 3 = 0.15$法郎

总共0.50法郎

搞定！焦糖和甘草，我可以和艾丝特在睡觉前一起吃。

## 2月19日　星期四

今天早上，天气晴朗，我们一起在院子里玩耍。不是我们住的这栋房子的院子，一来这里的院子太小，二来不幸太太害怕院子被我们弄脏。

我们是在对面煤炭商的院子里玩。开始的时候，大家都不敢进去，不过，有一天，阿尔蒙出了个主意，他装成不小心的样子把球扔了进去，然后找到煤炭商，问他可不可以进去拿球。煤炭商同意了，于是我们一群人趁机跟阿尔蒙一起进去，又假装找不到球，其实是想在里面多待一会儿。

留着厚厚胡须的煤炭商微笑着大声对我们说：

"嘿！孩子们，既然你们都进来了，就在这里玩吧！与其在脏兮兮的小街道上玩，还不如在我宽敞的院子里玩。我听到你们玩耍的声音，也觉得很放松！"

从那次开始，我们一有时间就去那里玩，特别是星期四。不过星期天一般不去，因为大家都换上了漂亮的衣服，而煤炭商的院子总是黑乎乎的。院子的一角，放着一辆手推车，我们常常爬上去，不管是男孩还是女孩。阿尔蒙很乐意推车，其他人大声地喊，艾丝特也喊，维奥兰特也喊，就我不喊，我是故意的，想惩罚一下阿尔蒙。

今天，我们玩小纸片游戏。这是一个新的游戏，西奈特·雅高昨天在学校教我的：先在小纸片上写下一堆名词，然后从里面任意抽出三张，这三张纸片就是你将来要做的三件事。

大家都想第一个开始，于是只能靠数数来决定，就像玩捉迷藏的时候那样，第一个轮到艾丝特。她抽出三张：

"分别是'小丑''船''圆面包'。阿尔蒙，想象一下，我和你结了婚，嗯？你扮成小丑，我们住在船上，吃着圆面包。实在太好玩了！"

可是阿尔蒙不乐意了。小丑倒还适合他，不过他不喜欢吃圆面包，而且他一踏上船，就会恶心。

"不行！"他接过话头，"抽其他的纸片吧，大姐，或者你跟加布里埃尔结婚也行啊！"

"加布里埃尔？"艾丝特很生气，"啊！不要！如果他胃口越来越好，吃了太多圆面包，就会变成一个十足的大胖子，而我是不会要一个挺着大肚皮的老公的！"

我们笑弯了腰。我和维奥兰特差点笑倒在小推车上！加布里埃尔本想发一通火的，可是他满嘴口香糖，而且他喜欢跟我们一起开玩笑，这样才更轻松！

"我来抽！"维奥兰特喊道，"'农场''花园''鸟'，真走运，我最喜欢乡村了！"罗盖抽到的是"猎手""孤岛""气球"，而我抽到的是"舞蹈家""棕榈""糖果"，就像是在柚子公主的故事里，公主在树的高处走，而青蛙在树下看着她。

"该轮到我了，"阿尔蒙说，"你们看看将来你们会看到的！'王子''球拍''鱼'，太妙了，伙伴们！我不太清楚球拍在里面的作用，不过王子我在游艇上会钓到什么样的鱼呢？我希望鲨鱼们会好好地待在那里不乱动。"

艾丝特朝我眨了眨眼："哦，鲨鱼可没什么好害怕的……是吧，阿丽娜？"

我不明白她的意思，可我还是装出听懂了的样子。

"你说什么？"阿尔蒙嘟哝着，"'是吧，阿丽娜？'这是什么意思？"

"没什么，一句不包含任何意思的评论而已。"我说。

"去你的，我才不在乎呢……你们到底在干什么？其实都是一堆谎话！"

艾丝特跳起来。"谎话？……上个星期二，你不是跟老师说，龙虾因为吃蛆而被捕获了吗？不是吗？不是吗？"

确实如此！雅克琳娜·莫施的哥哥和阿尔蒙是一个班的，她哥哥把这件事告诉了她，而雅克琳娜又告诉了我和艾丝特。阿尔蒙气得脸涨得通红。

"我见到你们就烦！你们这群女孩子，总喜欢胡说八道！"

艾丝特扑哧一声笑了出来。"啊，啊，英俊的王子，大家看看王子发火是什么样的！"

说完，她跳下手推车，开始推着我们走。我和维奥兰特继续打趣阿尔蒙：

"尊敬的蛆国王子，请允许您卑微的臣民……"

"住嘴，"阿尔蒙叫道，"住嘴，我……我……"

他叫得越大声，我们笑得就越酣畅，最后，我们三个人手臂搭着手臂，装出议论他的样子，可事实上，我们什么都没说，仅仅是为了激怒他。阿尔蒙跳上手推车：

"不管怎么样，你们以后不能上来！"

"太好了，"我说，"王子终于找到了四轮华丽马车！"我们跳下车，围着他，按照《达加贝尔国王》这首歌的曲调，改编了歌词：

这是蛆国王子，
登上了他的四轮华丽马车，
一辆木马车，
真漂亮啊！
他坐着马车去钓鱼，
钩子钩到鱼的鼻尖上。

"噢！"阿尔蒙攥紧了拳头，大声叫喊，"要是你们不是女孩子，看我怎么收拾你们！你，加布里埃尔，你就不能来帮帮我吗？你这个胖家伙！"

加布里埃尔很懂得自保，而罗盖，他低着头，露出一副奇怪的神情。嘭！嘭！阿尔蒙狠狠地推了他们两人一把，一切就这样结束了，因为罗盖开始拼命地哭，没有人劝得了他。阿尔蒙有点后悔，给了罗盖一颗小弹子，可是罗盖不喜欢，他低声对我说：

"我才不是为了这个才哭的呢，他没弄疼我，是因为……因为我不想当猎手！我要是遇到一头狮子，在没有妈妈的孤岛上，我一个人该怎么办呢？"

"可怜的罗盖，这些只是开玩笑的！"我说。

"那么你们为什么吵得这么凶，好像真的一样？"

"他说得没错。"阿尔蒙说，"走吧，伙伴们，我们去玩点别的！"

于是我们不再谈论小纸片的事了。

对了，奥尔良是在卢瓦尔河上的，我问过维奥兰特。所以我总共错了10处地方。

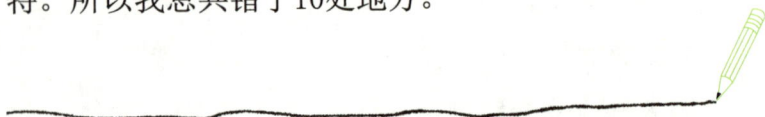

## 2月20日　星期五

　　我历史考试只得了7分，是班上的第十九名。老师报出名次的时候，我哭得多悲惨啊！我仔仔细细地复习过，连妈妈都不辞辛劳地帮我记下那些历史日期！我不得不说，多丽丝小姐是位非常和蔼可亲的老师。下了课，她把我叫到她的身边，对我说，我不应该哭，她知道我已经尽全力了，她很高兴，而且，这些小测验也并不是那么重要，评价一个学生，并不单单看他考试的成绩。总之，她跟我说了好多好多，说到后来，我就不再伤心了。我看着她的上衣，真美！从远处看，是粉红色的，但走近一看，才发觉原来是白色的，只是印着密密麻麻的粉色条纹。

　　"你在看什么？"多丽丝老师问我。

　　"看您的上衣，老师，很漂亮！"

　　我向她解释说，主要是那些细的条纹。她笑起来，给了我一支红色的铅笔，有点像爸爸买给我的那支，但肯定比那支好看。她又问我艾丝特最近学习好不好，是不是还想成为老师（她去年曾教过艾丝特）。我回答是，并告诉她艾丝特自然科学考试又拿了第一名。"你代我恭喜她。"多丽丝老师说。她始终那么和蔼可亲！我现在明白，为什么艾丝特那么崇拜她了。

历史考试，维奥兰特第九名；露露·多拜第三十名；西奈特·雅高第十二名，和玛丽·高丽乃并列；卡曼·方图第八名，不过她是抄维奥兰特的。维奥兰特向我承认，她看见卡曼抄她的，可是她太胆小了，从来不敢不让卡曼看。

## 2月21日　星期六

昨天晚上，我们一躺下，我就告诉艾丝特，多丽丝老师跟我说的话。艾丝特接着说，要是有朝一日她做了老师，她会非常非常严格，只要是不听话的学生都会拿到三个差评。她也会买很漂亮的上衣，和多丽丝老师一样。

"唉，"她叹息道，"我多想马上就成为老师啊！"

可我不这么想，我一点都不想长大，我更愿意一直像现在这样，我们三个人，和爸爸、妈妈在一起。要是我们长大了，我们就再也不能玩造房子游戏，也不能有课间休息，摔倒的时候也不能哭了。不过，很明显，长大也有好处：我们会看报纸，想什么时候睡觉就什么时候睡觉，不会被逼着吃我们不喜欢吃的东西。但除了这些，我们还得省吃俭用，省下的钱用来交房租，支付其他的一切，一切……幸亏这样的日子我要到很久很久以后才会碰到！只是看到艾丝特这么着急，我有点小小伤感罢了。

## 2月22日　星期天

真糟糕的天气！整个晚上，一直在下雨，刮着大风，我们房间的窗户因为关得不严实，晃动得厉害。我和艾丝特给窗户起了个名字，叫"嘀嘟"，因为它晃动的时候发出"嘀嘟——嘀嘟"的响声。自从听到这种声音开始，我们慢慢地习惯了，不过，昨天晚上，声音还是比平常大很多。

还有更悲惨的，餐厅炉子里的火熄灭了，妈妈不得不重新点燃，可她怎么也点不着！我想帮她的忙，可是就像往常一样，她都笑着说："乖乖地待一边去啊，阿丽娜！"妈妈把我们的早饭送到床边，生怕我们感冒。我最喜欢这样了，可以好好地睡个懒觉！

罗盖抱着他的枕头、拿着米奇的相册，来和我们挤在一起。他坐在床的另一头，艾丝特故意伸直了脚，好让他连坐的地方都没有。她还在生他的气，因为，昨天，爸爸碰到罗盖的老师贝罗丹先生，先生说罗盖经常惹他发笑。贝罗丹先生让罗盖做数学题（他们正在学除法）：

"你有6颗樱桃，你要和姐姐一起吃。那你自己还剩下几颗？"

罗盖想了想说：

"这要看情况。如果是和阿丽娜一起吃，我可以拿到6颗；可要是和艾丝特一起吃，她肯定最多留给我2颗！"

晚饭的时候，爸爸把这件事说给妈妈听，大家都笑了，唯独艾丝特格外生气！

妈妈对她说："我知道，你听了一定会生气，不过这件事也教会你，我的小姑娘，要好好待你的弟弟。"

艾丝特什么也没说，但是，从那一刻开始，她就开始赌气。今天早上，她的情绪还很差，她一直在专心致志地读《格林童话》，每次我跟她说点什么时，她都咕哝着，懒得做声。我正在看《大卫·科波菲尔》，妈妈喊我们去梳洗的时候，我刚看完第三十九页，已经快10点钟了。

我对艾丝特说："你第一个洗，昨天早上是我先洗的。"

艾丝特耸了耸肩。

"当然不是，小姐，昨天是我先洗的！"

"什么！你说什么？怎么可以这么厚脸皮？就是我，是我！"

"不是，不是！"

"你们吵完了没有？"从餐厅里传来妈妈的喊声，"快来，艾丝特，今天是轮到你第一个洗，阿丽娜说得没错，快起来，赶紧！"

艾丝特不得不听妈妈的话，可是，为了报复我，她竟然打湿了毛巾，上面留满了肥皂泡沫，好让我被刺痛。她真坏，什么时候让她自己尝尝这种滋味！我的眼睛进了肥皂水，疼得看不清东西，伸手去找海绵擦眼睛的时候，打翻了那个众所周知的花瓶，更严重的是，花瓶被摔成了碎片！

"坏蛋！"艾丝特大叫，"我看到了，你是故意的！"

我说不是的，她说是，我们各自大声辩解，妈妈跑来，狠狠责骂了我们俩。于是，艾丝特继续在她的角落里赌气，而我，一梳洗完，就跑到壁炉旁取暖，心想，妈妈是这么严厉。我看到妈妈坐在地上，面前是熄了火的壁炉，旁边放了一堆炭和废报纸，她的脸，她的手都被烟灰弄脏了，大颗大颗的眼泪从她的脸颊流下来，不过她并没发出声音。

"妈妈，妈妈，你怎么啦？"

她抬起头。

"是……是这火，怎么也点不着！"

"等一下，我来看看！"

"真的吗？你真是个乖孩子！千万别弄脏了。"

她让开了一点，我在壁炉里胡乱翻了一通，从里面掏出很多纸，很多纸……

"你是不是纸放得太多了，可怜的妈妈！"

"是这样吗？我……我这次已经很注意了！"

我没有回答，因为常常发生这样的事：妈妈总喜欢用纸熄灭一切，我跟她说了也没用，下次还是一样。我终于把没用的纸都清除干净，差不多干净吧，用了5分钟，火点着了，得好好看看我的成果！妈妈狠狠地擤了一下鼻涕。

"谢谢你，我的阿丽娜……可是弄得多脏啊，这些黑乎乎的炭……还有家务活没干……天哪，在这上面浪费了多少时间！"

"好吧，我们来帮你！"

艾丝特和罗盖都梳洗完了，我把他们也叫来，于是我们四个人一起，妈妈扫地，罗盖擦金属器具，艾丝特掸灰尘（她不再赌气了），我擦地板。半个小时之后，我们的脸个个红得像公鸡冠，不过一切都收拾好了。正当我在做香肠煎土豆的时候，听到妈妈小声说：

"你爸爸回来了！我听到他上楼梯的声音！"

她赶紧跑去补点粉，让我们别告诉爸爸她哭过，害怕他会笑话她。

香肠很好吃。下午天放晴了，我们去了圣·皮埃尔广场……糟糕，还有两道数学题明天要交，我还没有动手做呢……幸亏这两道题很简单！

**2 月 23 日　星期一**

　　不幸太太刚刚对妈妈说，底楼的房子有人租了。新的房客好像是一位姓高波尼克的先生。他下个星期正式搬进来。嘿，他的一切信息我都知道。他是夫人街一间餐厅的小提琴手。之前，他住在卢森堡公园附近，可是因为房租太贵，再加上交通费，所以他才想要搬家。他是个老头。

　　我觉得很简单的算术题，才得了5分，但我的裁缝课得了10分，主要是纽扣缝得好。多丽丝老师说我缝纽扣的本事简直是绝了。

## 2月25日　星期三

餐桌旁，我坐在妈妈和艾丝特中间，艾丝特旁边是罗盖，再旁边是爸爸。桌布是新换上的，白色的底上点缀着蓝色的圆点。盘子、杯子之类的，都和其他人家一样，不过我们家有一个别具一格的盐罐，它是黄色小鸡形状的，盐可以从鸡嘴巴里倒出来。鸡尾巴被罗盖弄断了。

吃饭的时候，我发现正对着我的是大壁炉，壁炉台上放着贝壳箱，写着"勒阿弗尔"的字样，还有蓝色的花瓶，摆钟，一张妈妈小时候的照片，还有一张是夏洛特婶婶和艾米勒叔叔带着他们的孩子围坐在长凳上的照片。

摆钟的指针停在了6点差10分的位置，什么时候停的，我也不知道。爸爸时不时会说："米内特，一定得把这个摆钟拿到钟表商那里去修修了。"妈妈回答说："好的，费尔南，一定。"可每次都这样不了了之。

幸亏，我喜欢这个时间，6点差10分。我希望家里的一切永远永远都不要变，即使是旧了、坏了的东西。如果我们家始终不变，那就是最舒心的事！

034

## 2 月 26 日　星期四

　　哦，这个女人……大骗子！……维奥兰特怎么可以站在那里一声不吭呢！可我得赶紧说出来。

　　我下楼去买沙拉的时候，正巧在街上碰到维奥兰特，她拿着波迪奥太太的红色零钱包，准备去买颗卷心菜。我们走在一起，突然我想起来自己包里装着《野兔和乌龟》，维奥兰特让我帮她抄了一份，明天上课用。我把抄好的纸给她，可她没有口袋，于是她把纸装进了零钱包里，和钱放在一起。

　　这时，我们已经到了拿小推车的地方，人可真多啊。我排队买沙拉，维奥兰特在挑卷心菜，突然，她脸色刷地一下变白了：

　　"钱包，我的零钱包呢！"

　　"你说什么？不见啦？"

　　"我……我把钱包放在小推车上，就一会儿，挑颗菜的工夫，怎么……就不见了。"

　　我也帮她一起找，可惜没找到。

　　卖菜的阿姨喊起来："怎么能把钱包放在推车上呢，傻丫头！肯定是被人偷了！里面有很多钱吗？"

　　"一张5法郎。"维奥兰特低声说着，放声哭起来。

"没事的，你先别哭！"我说，"那个偷你钱包的人不会走远的，要是他把你的钱包拿在手里，肯定会有人看到，大红色的零钱包并不常见！"

我们跑到右边，又跑到左边，拼命地拨开闹哄哄的人群，可是要在这么一大群人当中找出那个小偷谈何容易。再说，就一个小小的零钱包，藏起来实在太容易了！

"哦！"维奥兰特抽泣起来，"妈妈一定会骂死我的！我再也不敢回家了！"

她哭哭啼啼的，真让我心烦。我想办法让她振作：

"听着，我有个主意，我们立马到布福街派出所报案，一般人们丢了东西都是这样做的。"

于是我们沿街向派出所走去，维奥兰特还是不停地哭，我拉着她，可是，突然她大叫一声：

"那个女人……就在那里……她刚刚把钱包装进口袋。啊，我看到了！"

她手指着一个个子不高的女人，穿着灰色罩衫，像是闲逛的样子，手里挎着菜篮子。

"你确定吗？"

"没错，没错！现在怎么办？"

"哦，追上她，告诉她，那是你的钱包！快跑，她要过马路了！"

维奥兰特向我投来不知所措的目光，犹豫着……她迈着小碎步，紧跟着那个女人，不好意思地扯了扯那个女人的袖子。

"怎么啦？"那个女人问道。

"哦，对不起，太太，你认为……你确定……你口袋里的钱包……是你自己的吗？"

女人耸了耸肩。

"那是当然的了，小笨蛋……你瞎闹什么？"

她气呼呼地走远了，维奥兰特回到我身边，一副尴尬的样子。

"你都听到啦？"

我没回答，一把推开她，跑向那个女人。

"太太！"

"又怎么啦？你们有完没完？"

我不断地叫喊："太太！太太！"声音越来越响，围观的人聚拢过来，我像喇叭一样响亮地说：

"你偷了我朋友的钱包，把它还给我！"

"偷？"女人叫道，"哦，这样胡说八道，你不害臊吗？你们可不可以别闹了，没教养的孩子！"

她推开我，想走，不过正好撞上围着我们密密麻麻的人群，卖沙拉的阿姨钻到最前面，手叉着腰：

"小姑娘没有胡说，是有人偷了她们的东西，她们的钱包！要想解决问题，就让我们看看你的钱包，不就真相大白了嘛！"

"看就看！"女人说着，从右边的口袋里掏出一个小的黑色皮夹。

我冲到她跟前。

"左边的口袋！左边的口袋！"

那个女人看着我，就像要把我活活吃了一样。她狂怒地不得不从左口袋里掏出红色的零钱包。

"我的零钱包！"维奥兰特大叫。

"那又怎么样，那又怎么样？"女人大声说，"这是我自己的！你才是个小偷！"

真是厚颜无耻！人们都朝她摇头。

"不管怎么样，这个钱包有可能是她自己的。我们该怎么证明不是她的呢？"一位先生低声说。

维奥兰特低声啜泣，可我插话说：

"有什么可以证明？大家来看！如果说这个钱包是你的，太太，那你说说钱包里有些什么？"

"可……"女人结结巴巴地说不清楚，脸涨得通红，"钱……几张零钱！"

"是吗？还有什么？"

"哦……这跟你没关系！"

"那就让我来告诉你里面有什么吧。里面不单单有几张零钱，还有一张5法郎的纸币，还有我今天早上为我朋友抄的《野兔和乌龟》。来，把钱包打开，让大家都看看！"

那个女人叫喊着，争辩着，想逃之夭夭，可是人们拉住她，无论如何，一定要让她把钱包打开。大家在钱包里看到什么了呢？当然是5法郎纸币和那则寓言故事。

"小偷！"人们大喊，"快叫警察来！"

维奥兰特拿过自己的钱包，我拉住她。

我说："算了吧，既然我们已经拿回了钱包，就放了她吧！"

事情就是这样。当波迪奥太太知道了事情的来龙去脉之后，她大喊了几声。

"不管怎么样，"她说，"阿丽娜，跟我们家这个笨丫头比起来，你这个姑娘真机灵！"

我说："这个可能不假，可维奥兰特历史考试拿了第九名，我才第十九名，扯平了！"

可这件事，我还是感到非常自豪。

### 星期四晚上

我把小偷的事情告诉艾丝特的时候，她只是耸了耸肩。

"她实在是太蠢了，你那个维奥兰特！"她用怪里怪气的口吻说。

我想，说到底，她是有那么点妒忌。就像上次我问她我的线条画得好不好时一样。

她没好气地回答我："去问你的小心肝去。"

"我的小心肝"！她连一个知心朋友都没有，难道这是我的错吗？唉，让她快点找着自己的朋友，就可以不再去骚扰我的朋友。我也承认，维奥兰特是个十足的乖乖女，有时候甚至让人看了恼火，可她又是那么温柔。而且，必须说，她在家里要学着"应付"很多情况，比如她一碰平底锅，她妈妈就急急忙忙地跑过来："唉，笨丫头，你怎么会做呢？来，还是妈妈做，这样快一点！"而她妈妈教她学编织的时候，还没等她织到第十针，就一把抢过了她手中的活儿，因为波迪奥太太实在没耐心看自己女儿在那里摸索。毫无疑问，维奥兰特不是个手脚灵活的姑娘！可是，她和诺诺在一起的时候，就很懂得该怎么教他，让他乖乖睡觉，还有对阿尔蒙，即使小家伙常常去惹她，她还是一直那么耐心地对待他。我觉得波迪奥太太对维奥兰特不公平，正因为这样，我才处处维护她。另外，还因为她是我的朋友。

## 2月28日　星期六

　　今天晚上，我们做完作业之后，写信给咪咪舅妈，祝她节日快乐（圣·玛蒂尔德节快到了）。不得不承认，这真是项苦差事。这位咪咪舅妈，我们不知道该对她说些什么。她住在勒阿弗尔，三年前，她的丈夫亨利舅舅过世了。亨利舅舅生前一直在石油公司工作，这让咪咪舅妈觉得很荣耀。我们去过勒阿弗尔四回。我们在海滩上挖洞，嬉戏，走在浪花四溅的海岸。大海，很漂亮，很宽广。唯一让人不舒服的是，大海散发出一股难闻的味道。我甚至因为这个缘故不愿意下水。我们睡在一间很奇怪的小屋里，里面充斥着鱼的腥气，到处都是渔网。亨利舅舅还会时不时地带我们去钓虾。

　　亨利舅舅是妈妈的哥哥，妈妈非常爱他，因为小时候，亨利舅舅对妈妈很好。啊！这是一个长长的故事，就好像电影里描述的那样。妈妈7岁，亨利舅舅15岁的时候，他们的父母突然一下子变得身无分文，于是一家人决定去南美洲的巴西，投奔一位叫加吕美的朋友，这位加吕美先生以种植咖啡豆为生。他们出发了。那一路上，妈妈依然记忆犹新，特别是有一位红胡子的海员，带着一条狗，叫古多。就是这条叫古多的狗抢了妈妈的布娃娃，玩着玩着又把布娃娃滚进了海里。妈妈因此哭了好久。等到达目的地的时候，不幸再一次降临：外公外婆病倒了，没过多久便先后离世。亨利舅舅来到大使馆，希望在那里可以得到帮助。可当他向人打听加吕美先生时，却没有一个人认识。大使馆一位办事员对他说："你明天再来吧。"妈妈记得，当时他们走出了大使馆，亨利舅舅拉着她的手，去糕点店买了蛋糕填饱肚子。他们的钱花完了，只能睡在外面，去码头，睡在一堆装香料的大袋子中间。天气还很热，星星一闪一闪的，很难让人入睡。第二天，他们又回到大使馆，还是没有人认识这位加吕美先生。于是亨利舅舅把他们的遭遇原原本本地讲给那位办事员听，办事员说可以将兄妹俩"遣送回国"。等待回国的那段时间，他们住在那个办事员的家里，办事员的太太是一位非常肥硕的夫人。他们一起吃冰激凌和果酱，那位太太还给他们照了相（这张照片至今还挂在餐厅壁炉上方的墙上）。之后，他们坐船回到勒阿弗尔，在那里留了下来，因为没有钱再到别的地方去了。事情便这样圆满解决了。亨利舅舅进了石油公司工作，妈妈继续上学。他们住在一间小屋子里，一人一个房间，屋子对面是一个广场。亨利舅舅不仅要自己下厨，还要帮妈妈复习功课。当他拿到第一份工资的时候，你们猜猜他买了什么？是布娃娃，送给妈妈来代替原来在船上落入海里的那个。亨利舅舅多好啊！不久后，他娶了咪咪舅妈，再后来妈妈嫁给了爸爸。当然，之后他们见面的次数肯定比以前少了，因为妈妈搬到了巴黎。不得不说，咪咪舅妈没有亨利舅舅那么好相处。我们去她家的时候，她常常为我们做很多好吃的，特别是她做的蛋奶酥。不过，要是我们不吃完的话，她就会生气。她还会这样对妈妈说："米内特，你看，阿丽娜的袜子上破了个洞，今天早上破的。"妈妈听了这样的话，觉得很丢脸。

不管怎么样，我们还是给她写了信。艾丝特告诉她考试的名次，我更想把游戏机的事情告诉她。而罗盖，他写的是：

亲艾（爱）的咪咪夂（舅）妈：

我祝你节日块（快）乐，请结（接）受我最中（衷）心的祝原（愿）。

罗盖·杜拜

艾丝特嘲笑他错字连篇，可妈妈觉得这是个很好的开端。

我要说的是，除了咪咪舅妈外，我们还有夏洛

043

特婶婶。她是妈妈的小姐妹，小时候也住勒阿弗尔，她嫁给了爸爸的弟弟艾米勒叔叔。艾米勒叔叔是大巴车的司机，总是从土伦出发，不知道去哪里。他们有四个孩子：伊夫、阿兰、玛丽·克莱尔和玛丽·克洛德，都是很好听的名字。妈妈把他们的照片也挂在壁炉上方的墙上，可除此之外，我并不认识他们，因为他们家住在南部的布鲁斯克，去一次的路费贵得吓人，都可以到非洲了。就因为这样，他们一家，我们从来没有见过。真正的朋友，倒是我们的邻居。

## 3月2日　星期二

今天早上，新的房客搬进来了。他的东西可真多啊！我和维奥兰特、阿尔蒙放学回来的时候，11点半左右，我们都不知道该从哪里走，过道里到处是草垫子。罗盖想滚进去，可被正在打扫走廊的不幸太太看到了，她挥起扫帚，让他爬起来：

"快走，小捣蛋！你们也是，都走……你们没看到我已经忙不过来了吗？不幸啊！"

不过，正在这时，她被邮递员叫走了，我们趁机偷偷溜进那位新房客家里。我们跨了一步，两步……没有人，只有箱子、椅子、书、锅，乱七八糟的一堆，一直堆到天花板。我们继续往前走，突然，嘭的一声！一本厚厚的记事簿打到了维奥兰特的脸上，同时从家具后传来唉声叹气的呻吟声：

"哎哟，哟，哟，哟，哟！"

在我们面前的是一个老头，正一个人坐在屋子中央。他很瘦小，穿着黑色的衣服，留着一撮白色微卷的山羊胡子，脸色泛红。他一边翻阅着面前红书桌上的大堆记事簿，一边嘴里念念有词："哎哟，哟，哟！"他每翻阅完一本，便随手一扔，书页飞过箱子，散落到整个房间。突然，他大叫一声，把我们大家都吓得惊跳起来：

"找到了，找到了，我就知道我都整理好的！"

他挥动着其中一本记事簿，嘴里还柔声地哼着小调："孩子们，你们听听！"他说着转向维奥兰特。

"很好听，先生，真的。"维奥兰特结结巴巴地说。

先生放声大笑，活像一头山羊，尽管平时他一直看起来像头绵羊。

"告诉我，小姑娘，你知道舒曼吗？"

"舒曼？"维奥兰特问。

她吓得扑哧一声笑出来。怕被他继续追问，我们其他人也都学她的样。

可是，我倒是觉得这位老先生很和蔼，不像不幸太太说的那样，她说他是个假装"严肃"的人。

"你说得也许有道理。"诺艾米小姐说。大家也都这么认为。

可怜的高波尼克先生，其实他哼的小调真的很好听！理所当然的，肯定不会有人告诉他波迪奥太太的节日，也就是下周一，3月8号（波迪奥太太叫玛蒂尔德）。这天是一个真正的大节日，整个街区都找不出第二个。我们大家都聚集到平台上，排队走进波迪奥家里，每个人都带上自己的礼物，除了方图一家，因为也从来没有人通知他们。维奥兰特已经开始准备一条黄绿相间的方巾，阿尔蒙准备画一幅画，不过他还没想好画什么。诺艾米小姐绣一个围脖，加布里埃尔说伯吕施奶奶会做一个蛋糕，可能是香草味的。

那我们呢？到时再说吧。妈妈现在正忙着准备我们的衣服：罗盖可以穿他的灰西装，可是我和艾丝特，我们得准备新的连衣裙，尤其是艾丝特，个子长得很快，那条周日穿的蓝色连衣裙早已经穿不下了。

"我去买点羊毛料子，"吃晚饭的时候妈妈说，"这种东西比较实用，就买栗色的，这样什么日子都可以穿。"

　　爸爸表示同意，我们也都拍手叫好，妈妈高兴得像个孩子似的一把抱住爸爸。爸爸还让她给自己也买点料子，不要总穿着那件米白色的旧裙子。可妈妈不答应，说她的裙子一点都不旧，她最大的乐趣就是看着我们这三个孩子穿得漂漂亮亮。真是个好妈妈！啊，圣·玛蒂尔德节万岁！

# 3月3日　星期三

一直等到下午1点，妈妈才从商店回来。她到家时，气喘吁吁的，一脸开心的表情，她笑着，笑个不停：

"你们快来看看，多漂亮啊！"她重复着，边把扎料子的细绳子剪开。

啊，太好看了！一点不像栗色，看起来倒像是浅绿色，嵌着白色的条纹，好似多丽丝老师的上衣，摸起来也很柔软！妈妈望着我们，双眼闪烁着喜悦的光芒。

"你说什么，费尔南？女儿们穿这个不漂亮吗？"

"漂亮，漂亮。"爸爸小声地说，"不过，我觉得这个更像是丝绸，你不是说要买实用的羊毛料子吗？"

可怜的妈妈，她的脸一下子涨得通红，她开始解释，那家商店有多美，那些花边，那些花纹，还有那闪闪发光的丝织品。与这些令人心旷神怡的颜色比起来，羊毛料子显得多么暗淡。她花了整整一个小时的时间，从一个柜台跑到另一个柜台，难以决定到底买什么，最后，她终于买下了这个："9.40法郎一米，可能稍稍有点贵，不过真得宠宠她们，我们两个可怜的女儿……况且我自己什么也没买！"

爸爸哈哈大笑。

"两个女儿真可怜哪！不用解释，米内特，只要你高兴就好！"

我们亲了亲妈妈。我们4点钟放学回家的时候，妈妈已经开始裁剪连衣裙了，按照原先那条蓝裙子的式样。妈妈怕把手弄脏了，甚至把择菜的活儿都交给了我。

有了这些好玩的事情，我就再也不用提学校的事了。我地理得了7分。西奈特·雅高给了我一颗醋栗味的果糖，很好吃。课间休息的时候，卡曼·方图的裙子破了，她说是维奥兰特干的，不过她说的根本不是事实。那条连衣裙确实很漂亮，绿色的，腰间有很多褶皱，卡曼穿上它看起来像颗卷心菜。我边哼唱着小调，边做出嘲笑她的表情：

你会种卷心菜吗？

时髦，时髦，

卡曼·方图的时髦！

"你是唱给我听的吗？"

"当然不是，我没唱给谁听啊！"

就因为这样，她追着我跑，不小心裙子被树枝钩破了。维奥兰特什么也没干，可是和这个胖丫头在一起，老是会发生这种事。

然后，然后呢……星期五，要进行背诵测验，背11首诗，没错，是11首——恰恰是在穿新裙子、过圣·玛蒂尔德节、家里摆场面的日子！雅克琳娜·莫施病了，测验之前她的支气管炎发了，她病得真是时候！好像她一点也没病，仅仅咳嗽了几声，然后就可以舒舒服服地待在家里了。雅克琳娜的妈妈给她买了一套拼图游戏，那种拼图游戏我们在街区的文具店里留意了很久。不管怎么样，有些人总是运气那么好。中午，我下楼买咖啡的时候，碰到高波尼克先生。他很高兴地跟我打招呼。我说："先生，你好！"

　　好了，我要复习寓言故事了。

### 星期三晚上

　　我们又添了一个新的小表妹：夏洛特婶婶于3月1日在布鲁斯克生了个小女儿。她叫阿内特，很好听的名字，不过我更喜欢日内为耶夫这个名字。她看起来长得像她爸爸。

## 3月4日　星期四

这是一个什么样的夜晚啊！我正熟睡着，突然被一阵吵闹声惊醒……绝对不是窗子的声音！我坐起身来，仔细听，是音乐声，是舞曲，节奏很快，声音很响！我从床上跳起来，跨过艾丝特，艾丝特嘴里喃喃着，不愿睁开眼睛（她困得不行）。我跑到窗口，可我刚想打开窗户一看究竟，妈妈来了，还穿着白天的衣服：

"阿丽娜，快回去睡觉吧！"

"妈妈，你没听到院子里的声音吗？现在几点钟了？"

"晚上12点半……我还在给你们做裙子……不过，不过，毫无疑问……一定是那位小提琴手！等一下，我去看看！"

"我也去，妈妈！"从餐厅里传来罗盖的喊声。

楼梯上，我们碰到波迪奥太太，她的睡衣外面裹了一件旧大衣。

"我正想去你们家，"她说，"你们信吗，这个小老头，这都几点钟了？他不把所有的孩子都吵醒不罢休。维克多准备下楼让他闭嘴！"

"哦！这样做有用吗？"温柔的波迪奥先生问，他刚穿上拖鞋。

"有没有用？胆小鬼！好了，那我跟你一起！"

于是我们跟在他们后面，还有阿尔蒙，他老爱逗我笑，逗得我哈哈大笑！你猜我们在楼下看到谁了？我们看到诺艾米小姐，她把一头卷发用夹子夹起，戴着花边小帽，她旁边站着胖嘟嘟的方图先生，两人使出全身力气敲打着房门，同时伴着狗的狂吠声。

"我从来没见过这样的场面，"杂货商嘟哝着，"门房怎么没被吵醒啊！"

"等一下。"波迪奥太太说。

她敲得更大声了，不幸太太终于穿好短袖上衣，走出来："出什么事了？对不起，都是这团棉花，塞在耳朵里，我没听见外面的声音！"当我们把事情告诉她时，她的神情有点……

"哼！我之前跟你说过什么？啊，我早就知道，对这个老头，我们不会就这样算了的。不幸太太！"

"那我们走吧。"

"肯定要去！"

刚敲了一下，高波尼克先生就把门大敞开了。不得不承认我们应当好好地排成一列队伍，此时大家都穿着奇奇怪怪的衣服，以不幸太太为首，她穿着短裙，一副气宇轩昂的样子。

"见到这个样子，那位小提琴手肯定会笑的。"阿尔蒙悄悄地对我说。

可是，他并没有笑。他很高兴地跟我们一一打招呼。

"这真是一个大大的惊喜啊！请进，请进，你们来得正好！"说着，他开始忙着帮我们找椅子。

"先生，"不幸太太严肃地说，"我们来不是给你惊喜，也不是来你这儿坐坐的。你住的这栋房子是还有其他房客的（'确实有不少'，方图先生嘀咕了一句），我再向你重申一下规章制度：晚上10点之后这儿不准再有音乐声。我们来告诉你的就是这个。"

高波尼克先生一副不知所措的样子，我都有点同情他了，可我什么也不敢说。我们走了，留下他独自一个人，他手里拿着小提琴，伤心得好似一个受罚的孩子。

经过这件事之后，大家达成共识：不幸太太是一位"非常好"的门房，大家再也不要跟小提琴手打招呼。"就当他不存在。"诺艾米小姐说，边说边挥动着卷发夹子。好吧，我们只能走着瞧了。

## 3月5日　星期五

　　学校里，最让我难以忍受的是玛丽·高丽乃。首先，她太用功了，看着让人恼火；其次，她总是俯视别人，这点令我非常不高兴。至于上课窃窃私语以及其他一些小动作，总之，她太害怕受罚了！她还害怕跑步，害怕弄坏了作业本，害怕借给别人东西。一句话，她什么都怕，而我，每次看到她抽泣，她那张尖尖的脸，扎了两根小辫子，我就很生气。今天早晨，图画课，老师让我们画乡村，我正在画一只小鸟，玛丽轻声地问我借水彩笔。

　　"水彩笔？哦，不，小伙伴，你什么时候把你自己的借给过别人呀！你的水彩笔盒呢？"

　　"被人拿走了。"

　　"那可糟糕了！"

　　"阿丽娜！"她晃了晃两根小辫子。

　　"这里没有阿丽娜，我要画画了！"

　　"阿丽……"

　　"别烦我！"

　　可我喊得太响了，被老师听到，扣了我2分，玛丽也同样。我生气极了，而玛丽只知道在那里轻声地哭，抽泣着……一直哭到下课。她把她的画交给老师的时候，整张画纸是黑色的，黑糊糊的一片。

"我什么也看不到！"老师说。

玛丽低着头。

"因为这是在晚上……所以天色是黑的……"

"你忘了带水彩笔了吧，嗯，小狡猾？好吧，那就只有再扣你2分了！"

听到老师的话，玛丽号啕大哭，课间休息的时候，她一人躲到喷泉后面院子的角落里。

"这是你的不对，"维奥兰特对我说，"你应该把水彩笔借给她用的！"

"我为什么要那么做？她平时对我好吗？"

"阿丽娜做得对，阿丽娜做得对！"其他人喊叫着。况且，谁知道这个小气鬼玛丽把自己的水彩笔盒拿去做什么了。

可后来伊海娜·于耳拜（她是个胖嘟嘟的小女孩，经常和艾丝特一起玩，长了一头红棕色的头发）来了，她告诉我们玛丽的事情是真的，确实有人拿了她的水彩笔盒。她到方图先生店里买扁豆，方图先生帮她称扁豆的时候，肯定是有人从她包里偷走了水彩笔盒。这是她哥哥奥古斯丁讲给伊海娜的表哥听的。当高丽乃太太得知事情的真相之后，玛丽被她妈妈追着打，整条街都能听到她的喊叫声。显然，为了要惩罚她，她妈妈也不会再给她买新的水彩笔盒了。

"啊，"我说，"她妈妈真是严厉啊！"

伊海娜解释道："那不是她妈妈，不是她亲生妈妈，她亲生妈妈两年前过世了，那时候，玛丽还住在尼斯。后来，她爸爸丢了工作。因为他一直想到巴黎，而又没有钱，所以只能凭着两条腿，一路走到巴黎。没错，整整两个月，玛丽没有一个晚上是在床上睡的觉，就是这个所谓的幸运儿，在露天睡了两个月，枕着满天的星星，甚至有一个晚上是在一棵苹果树上度过的。她刚到巴黎的时候，十分瘦弱，人们都称她为'小火柴棒'。后来，她爸爸找到了一份工作，和一个寡妇又结了婚，那个寡妇原本带着三个儿子，其中一个叫奥古斯丁，还有两个，我不知道他们的名字。高丽乃太太很疼爱自己的儿子，却不怎么喜欢玛丽，她常常有事没事地对她发脾气，若是真有什么事情，那肯定是……"

"照这么说，"我们高声说，"玛丽有个恶毒的后妈？啊，完全像是小说里的情节！可怜的玛丽！可怜的玛丽！"

于是我们都朝喷泉跑去，去找躲在后面哭的玛丽。

我们一人拉着她的左手，一人拉着她的右手，而我，我抱住她。她的头往后缩了缩，我狠狠地亲了她一下。

"玛丽，我原先不知道！噗，是咸的，你还在哭啊？告诉我们，你是不是在家里过得很悲惨啊？"

"谁说的？"玛丽满不在乎地说。

"伊海娜·于耳拜说的。你有一个晚上真的是在苹果树上过的夜吗？你后妈真的就为了一盒水彩笔打你吗？"

玛丽紧贴着墙壁，不断地轻轻咬着手帕，不作声。

"啊！"维奥兰特差点也要哭出来了，"她用什么打你的？是用水力锤吗？"

"我，"我说，"我不会坐视不管的！我会拿着钳子，她要是敢靠近，嘭……我就对准她的脸打过去！"

"太棒了，真好！"其他人高呼，"你听到了吗，可怜的玛丽？"

"你们别管我，"玛丽低声说，脸色苍白，"别管我，反正到最后，我一个人还是要走的。你们为什么要对我说这些？"

"等一下！"

我跑回去从书包里拿出了我的水彩笔盒。啊！我太高兴了，这样的感觉真好。

"给，这个现在是你的了，我送给你！"

"没错，没错，"西奈特·雅高喊道，"我这儿还有2颗甘草糖，也都给你！"

"还有我新买的橡皮！"露露·多拜说。

不一会儿，玛丽手里塞满了东西，每个人都翻遍自己的口袋，找东西给她。维奥兰特因为找不到什么，干脆把发带送给了她。而卡曼·方图，则从漂亮的绿色零钱包里掏出一个苏……一个苏！多阔气啊！不过我恶作剧地一把抢过零钱包。

"你要送给她这个？太好了，卡曼！"

"不是，不是，就是给她一个苏！"

可我已经把零钱包扔出去了，正好落在玛丽怀里。

"嗯，"我们对玛丽说，"我们大家是不是好人？那快把你的故事说给我们听吧，就现在！"

她看着我们，一脸迷茫。

"我不会说的，我什么都不想说……这……这与你们不相干。给，你们给我的东西都在这里！"

说完，她把所有的东西一下子扔到地上，猛地冲向胖卡曼，将她撞倒在喷泉的阀门上。玛丽倏地消失在院子里，我们只能慢慢地将地上的东西捡起来。我的水彩笔都摔坏了……还有……

啊！这个小淘气！一片好心就是这个结果，真是个大教训！

下午吃点心的时候，我把玛丽的事情告诉艾丝特，艾丝特问我：

"你那个玛丽，她考试拿了第几名？"

"哦，第十五名，第二十名……"

"你知道就好！她对你没用。"

这种评价一个人的方式，是多么奇怪！可有时候又不无道理。

吃完点心，妈妈让我们试穿新做的连衣裙。好漂亮的裙子……袖子带着褶皱，短裙样式，低圆领，背后有拉链。今天早上，妈妈为了买领口的花边和腰带，又去了一趟商店。啊，我太开心了……尽管只是个定样，可对大小、式样，已经了解了个大概。艾丝特穿上小裙子，俨然是个大姑娘了。她至少对着镜子照了十次，不过，不得不承认，这种淡绿色，她穿着比我穿着好看，尤其是陪衬着她那头漂亮的金发和可爱的小脸蛋。可惜，美中不足的是，袖子好像太短了。妈妈试着修改了下，可是好像比之前更糟糕。

"啊，"妈妈说，"我真是自讨苦吃！算了，我也不是真正的裁缝，而且袖子，是最难做的。"

可怜的妈妈，我回答说，没关系，看起来还是一样的漂亮。

"就你会说话！"艾丝特朝我开火。

她嘟哝道，这样穿着不舒服啦，会让领子开得太大，被人看到她深陷的锁骨上窝。

"胖姑娘，你压根儿就看不到锁骨！"

"我有，我有，你看，这里，这里……"

接着，她抽泣起来。最后，妈妈决定带着我们下楼问问诺艾米小姐的意见。诺艾米小姐开始一脸难色，暗示我们她"只做新衣服，不做修改的"，说这样的话，分明就是因为妈妈没有把做连衣裙的活儿给她，她一肚子的不高兴。幸亏妈妈一再地跟她说，下次一定让她帮忙做裙子，她手艺好，等等，说了一通好话之后，她才终于答应修改一下袖子。

"仅仅是，"她说，"对你来说，杜拜夫人，还是我来做比较好，我是看在我们好邻居的分上。"

"谢谢，"妈妈回答说，"那是当然，收多少钱，你尽管说。"

"你一定会笑话我吧，就这么点小活儿，还收钱？"

确实，不一会儿，裙子就修改好了。艾丝特乐开了花，况且诺艾米小姐还狠狠地夸了她一通：长得标致、出众，"高贵"，可以这么说吧。她开始给我们讲述勒格朗·德·拜一家的故事，他们大革命的时候移居到美洲，买下了一片农场，过着农民一般的生活。

"但是，"她补充说，"为表示他们高贵的出身，他们小心翼翼地在每一块自家生产的黄油上面印上家族武器的标志。杜拜……勒格朗·德·拜，哦，难道没有一点联系吗？杜拜夫人，你丈夫说不定也是德·拜家族的呢？我在《时尚杂志》上一读到这则故事，这个想法就一直困扰着我。特别是看到你们家艾丝特……"

艾丝特这个蠢姑娘，得意得脸上都泛起了红光，可我和妈妈，我们都想笑！

"好了，"妈妈说，"我一点都不想出生在这样的家族！有了勒格朗家族的头衔，又怎么样？"

"好，好，"诺艾米小姐生硬地回答道，"随便你吧，杜拜太太，哦……哦，全都改过了，两条裙子的袖子，一共是4法郎！"

妈妈笑着把诺艾米小姐说的故事告诉爸爸。而艾丝特则得意地哼起了小曲，不过我们很快就转移了话题，连罗盖都叫她"过气的勒格朗·德·拜小姐"，甚至用各种曲调唱起了"勒格朗·达戴"，就这样，艾丝特再也不敢继续得意了。

差点忘记了，我下周一还有一次抽查：要背出欧洲所有的河流及其支流，还有它们流经的城市。说实话，欧洲中部的河流我是一个名称都说不上来，除了一条多瑙河，我只马马虎虎知道意大利的几条小河流，况且，真不应该强迫我记这些东西……没错，他们说的还是有道理的，那些讲"学校超负荷对我们"的人。

我要是得点小毛病，那该有多好。就在刚才，我甚至闪过一丝希望：我咽东西的时候好像有点不舒服。可艾丝特看了我的喉咙，说没什么异样。

"怎么，不高兴啦？"她问我。

我回答她说没有，不过我的确不怎么高兴。

## 3月7日　星期天

太好了，我真的病了！

今天早上，我一醒来，就感觉吞咽的时候非常不舒服。我真高兴！的确是这样，我从昨天开始几乎已经放弃了，没想到今天突然……我用力地推了推艾丝特。

"快告诉我，我嗓子是不是发炎了。"

可她和往常一样，嘟哝着，用被子蒙住了头。于是，我又咽了咽，想再确认一下。没错，我敢保证我的确病了。我立马就编了一首歌：

我的喉咙痛，

嗓子发炎，嗓子发炎，

我的喉咙痛，

我待在家里，

我待在家里。

妈妈跑过来："又是你！现在才7点钟。别唱了，把大家都吵醒了！看你。"

"妈妈，我亲爱的妈妈，我唱的是事实。我喉咙痛，肯定是嗓子发炎了，你要照顾我，我要去你房里睡。嗯，让我去你房里睡吧？哦，我真难受……"

说完，我就不唱了，因为我不敢说，我虽然生病但心里很高兴，可以逃过欧洲河流的抽查。

"听着，"妈妈小声说，"你是不是为了捉弄我才这么说的？"

"你不相信我说的话？那你自己看，来，靠窗这边亮！"

于是妈妈看了看，我的嗓子真的发炎了，而且肿大得很厉害，我量了一下体温，38度3。

"到晚上就得达到39度了，"妈妈叹了口气，"天哪，天哪，千万不能有事啊！"

我跳上去抱住妈妈。

"我太高兴了！啊，妈妈你看吧，我有多乖，我有多听话！那我去你床上睡喽？"

"没问题，不过不要弄醒你姐姐……她一定会笑话你的！你这个疯丫头！"

我终于睡到了妈妈的床上，漂亮的粉色床单，配着我白色的镶花边的睡裙。我头有点痛，喉咙眼的炎症很严重，全身像火在烤，不过就像谚语说的，"无苦不知甜"。我稍稍有点烦躁的时候，只要一想到那些河流名称，所有的烦恼马上就烟消云散了。11点钟，妈妈喂我吃药，维奥兰特奉她妈妈的命令，给我送来了一大罐柠檬水。

"还有，"她开心地对我说，"告诉你一个好消息，阿丽娜，你背诵测验得了第二名，18分呢！"

第二名，18分！我叫来了妈妈、艾丝特、罗盖，还有爸爸，他正好回到家，我特别想让爸爸高兴

高兴。"哦，"爸爸说，"你现在都要赶上你姐姐啦！"多丽丝老师对维奥兰特说："我对阿丽娜的表现非常满意。"啊！我觉得好幸福，多美好的一天啊，这么开心，我真想拥抱每一个人，可因为咽喉炎的关系，没有人愿意被我拥抱，当然妈妈例外。

　　吃完午饭，伯吕施奶奶给我带上来一本书，叫《菲娜的不幸》。我已经开始读了，可不知为什么，总也看不进去，一行行的字母好似在我眼前舞动，我的脑袋一阵发热。妈妈急急忙忙地洗完盘子，可以多一点时间念给我听。她累了，就躺在我身边休息。我们像两个大人那样聊天，妈妈给我讲述她小时候生病时的故事。有一次，还在勒阿弗尔，她得了支气管炎，医生说要送大医院，可她不停地哭啊哭啊，亨利舅舅不忍心，请来一个人照顾她。那是一位黑人太太，叫博朗克太太，她有点躁狂症，总爱重复同样的话："闭嘴！"于是妈妈就再也不敢开口说话了。6点钟，亨利舅舅从石油公司下班回来之后，就一直陪妈妈玩游戏，玩摸子填格，玩打仗，玩猜字谜，他甚至还自己发明了一种游戏叫"乒、乓、噗"，妈妈弄不明白到底是怎么玩法，只知道谁说到"噗"，谁就输了。有时候，亨利舅舅也给她讲故事，可他太疲倦了，常常讲着讲着就睡着了，书从手中滑落到地上。

"那时候也很幸福，阿丽娜，你知道，可也有些时候，我觉得很孤单，一个人会偷偷趴在枕头上掉眼泪。我特别记得，有天下午，我听见门房对博朗克太太说：'可怜的小男孩，带着这么个丫头，真是个沉重的负担啊，看看他这个年纪的其他孩子，玩得多开心！'等亨利那天晚上回到家，看到我的两只眼睛红红的，问我怎么回事，我说是我自己不小心碰的。可那整个晚上，我都伤心得不得了，接下去的好几天都是，没有人可以安慰我……可怜的亨利，我确实是他的负担……"

"妈妈！"我说，"可那时候你还那么小，那么脆弱！"

妈妈微笑着，轻轻地抚摸着我的头：

"瞧你，阿丽娜，别人都说我把你宠坏了，的确是这样……也许……可是又有谁会知道我们前面的路会是什么样的，如果曾经有过一段美好的童年，等长大了，这将成为内心一种有力的支撑……"

她的双眼闪动着晶莹的泪花，我拉着她的手，紧紧地握住，我们母女俩就这么待了很久，不说一句话。

## 3月8日  星期一

我睡得不好，一直发着高烧。太难受了！我感觉整个屋子好像一条大船，我看着它以惊人的速度沿着斜坡冲向大海，消失在尽头。罗盖和艾丝特站在船顶上，爸爸掌舵，妈妈穿着一条灰色的长裙，透过窗户，哭着跟我说永别。我叫喊着："妈妈，妈妈！"叫得那么大声，最后我从梦中惊醒，发现原来妈妈就躺在我身边，穿着晨衣，手里拿着一杯椴花茶，想喂给我喝。我紧紧地靠着她。

"你在这里……不是做梦吧？啊！妈妈，其他人呢？"

"嘿，他们还在睡觉呢！亲爱的，你也像他们那样，好好睡觉，我是不会离开你的！"

我知道，可每当我一闭上眼睛，我又是那么害怕妈妈会离开，于是又很快地睁开眼睛，妈妈一直在我身边。于是，我拉着她的手，慢慢睡去。今天早晨，身体好了许多。喉咙里的炎症慢慢退去，烧也退到了37度7。中午的时候，我喝了一些蔬菜浓汤，吃了一个熟苹果，吞咽的时候喉咙已经没之前那么疼了。

爸爸送了我一份小礼物：一小盒颜料，非常漂亮。是因为我考试拿了第二名，还是因为我得了咽喉炎？反正我也不清楚，不过艾丝特以为是我拿了第二名的缘故，这让她很生气，因为她背诵测验从没拿过这么好的名次；而罗盖则认为是我生病的缘故，他也想像我一样得一场病。

今天下午，妈妈在洗衣服。我听见她在厨房里走来走去，凭着不同的声音，我可以猜到她在干什么。她不时地会问我：

"好点了吗，阿丽娜？"

"是的，妈妈，好多了。"

的确如此，房间里舒服极了。门上不同的线条标记着我们的身高，线条旁注着我们名字的首个字母：E，A，R。透过临街的窗户，我看到煤炭商的厂棚，手推车的纵梁，刚才，我还认出了加布里埃尔和阿尔蒙，他们在院子里玩弹珠。我觉得他们穿得很奇怪，因为我自己还穿着睡衣。我感觉很好，两只手滑溜溜的，白白的，昨天，妈妈给我喷了古龙水。参观她的那些小玩意儿很有趣。有一个工具箱，里面放着做衣服的棉布，我和艾丝特在她生日的时候送给她的小刻刀，一面圆镜子——罗盖常把它当作"巨大的眼睛"。另一边的柜子里，妈妈放的是我们小时候的照片，底下一层，是我们为她做的东西：罗盖剪的剪纸，我画的活灵活现的暴风雨图，还有艾丝特绣的十字绣"节日快乐"，她不太擅长画画。我建议妈妈让她另外画一幅画，就画熊熊燃烧的火焰，可她还是更喜欢盛开的鲜花。

4点钟，维奥兰特给我带来了两个橘子。她还在为河流名称的抽查生气，为了能拿个好分数，她可下了一番苦功夫。所有德国的河流她都得记，还有比利时的河流，当然不能少了多瑙河。玛丽·高丽乃似乎每次都记得一清二楚，从来不会搞混，这点我倒不觉得惊讶。维奥兰特说，从上周五开始，对所有的人，她都不理不睬的，有人跟她说话，她也转过身去，一个人躲在一边复习。

我不得不说，艾丝特对我还是很好的。今天晚上，她用自己的零花钱为我买了一罐糖渍樱桃，可妈妈不让我吃，说我的喉咙还没有完全好，最后还是艾丝特自己吃了。

## 3月9日　星期二

今天的体温是37度1。明天就可以下床了，这下好了，每天看着其他小朋友在院子里、阳光下玩耍，而我却只能躺在床上，心里真是直痒痒！今天下午，为了打发时间，我画了鲜花送给妈妈，可我暂时还不能用那盒新的颜料，因为妈妈怕我把床单弄脏了。用彩色铅笔画的鲜花，效果自然差很多。我只画虞美人，只有红色的铅笔从来没用过。

罗盖本来想和我一起玩多米诺骨牌，可他还有没做完的作业，他不能陪我玩。他看着我的盒子，里面有橘子，一罐柠檬汁，他低声问我：

"说给我听听，你是怎么样才得上咽喉炎的？"

"怎么样才得上咽喉炎？你以为我是故意的吗？你这个傻小子！你为什么这么问我？"

"不为什么。"

他走了，说下楼玩5分钟再回来。可一刻钟过去了，半个小时过去了，妈妈正要到窗口喊他回来，突然传来一阵敲门声，原来是煤炭商抱着罗盖回来了，罗盖全身都滴着水。

"我把你的儿子给你抱回来了，杜拜太太，你绝对猜不到我是在哪里找到他的。他竟然穿着三角裤，蹲在我的喷泉阀门下面，还把龙头开到了最大，调皮的孩子！快看看吧，他冻得直哆嗦……幸亏，天气还不是特别冷！我已经帮他穿上了毛衣和短裤……可他还冻成这样……"

罗盖拼命地号啕大哭，生怕挨骂。妈妈一句话不说，把他带回房间，给他全身喷了古龙水，弄得满屋子都是古龙水的味道。等罗盖全身都暖和了，也换上了干净的裤子，妈妈狠狠地打了他一巴掌。

"你记住这一巴掌！你是不是疯了？你是嫌家里有一个病人还不够，是不是！要是感冒了怎么办？"她摇晃着罗盖，"嗯，回答我，你为什么要那么做？"

罗盖想解释，可他边哭边说，没有人知道他在说什么，最后，我们听到：

"是为了也得上咽喉炎，和……和阿丽娜一样……这样就……可以收到很多漂亮的礼物！"

妈妈被弄蒙了，她差点想笑出来。我想，要是煤炭商不在场的话，她是不会惩罚罗盖的，可在外人面前，她又不好意思不那么做。

"很好，"她严肃地说，"既然你这么想生病，那你就好好生场病吧，你试试生病有多好玩！"

可怜的罗盖，尽管哭着喊着，一转眼工夫就被妈妈脱光了衣服，扔到了床上。（我生病之后，他就和爸爸睡在我们的小房间里，艾丝特睡在餐厅。）开始，他还哭了几声，不过一会儿就没声音了，他睡着了。

爸爸听说这件事之后，笑开了花。

"这孩子是越来越不让人省心了，"他说，"我们可要好好管管他，米内特！不过，他确实是个与众不同的孩子啊！"

"还挺聪明的，居然想出这样的办法。"妈妈叹了口气说，"可怜的小……我要不要去问问他是不是饿了？"

爸爸和妈妈一起去看罗盖，没想到罗盖睡得可真香，他们没有吵醒他，妈妈硬是忍住了，没有让眼泪掉下来。

## 3月11日　星期四

结束了，我全好了！是时候全好了，我再也受不了了！昨天，我就下床走动了一下，今天早晨，我和艾丝特出去逛了一圈……走得不是很远，就到广场那边，可回来的路上，我的两条腿还是直打哆嗦。仅仅几天的工夫，外面的一切都发生了改变。春天到了！广场尽头的那棵桃树已经开出了粉色的小花，栗子树也已经开始发芽。沿着铁路一路走去，我第一次看到燕子。多美好啊！我们盘着腿，坐在池塘旁边的草坪上。阳光灿烂，周围郁郁葱葱的，我数了数，一共有23朵雏菊。我想念真正的乡村，突然，我忍不住想哭，因为我是那么想生活在乡村。过不了多久，爸爸是不是会像去年那样，带我们全家去克拉玛大森林？我们在那里吃薯条，我摘了好多好多风信子，直到拿不下为止。妈妈还带去了细绳子，可当我正准备扎花束的时候，艾丝特和罗盖把绳子剪成了两段，一段做成了秋千，另一段做成了套马索，于是我就没有绳子可以扎花束了。

"这次你们一定给我留着，细绳子！"我说。

艾丝特不解地看着我。

"什么细绳子？你在说什么呢？"

我把原委告诉她之后，她扑哧一声笑出来：

"好吧，你都那么早就盘算好了，还有克拉玛森林的旅行！我差点以为你还在发烧呢，阿丽娜！我们该回家了，你肯定累了，我还有作文没写完呢。"

我们回到家时，我已经饿坏了！当我吃到第四块馅饼的时候，妈妈说，我可以马上回学校上课了，或者星期六就去。

"星期六？不，星期五，星期五，星期五！"

无论如何，我明天下午就去学校。我太高兴了。我感觉，已经很久很久没有见到我的那群小伙伴了。不过，偶尔生一场病还真不错，所有的人都会围着你转，照顾你：同学向你问好，老师把你叫到跟前，嘘寒问暖。还有，我其实很爱学习，特别是有了上次得了第二名的激励！妈妈今天早上又一再地对我说：

"你看，阿丽娜，只要你用心，就能拿到很好的名次，好好想一想，用功一点！"

"可是我一向都很用功的呀！"

妈妈笑了。我答应她，嗯，就让她等着看我的好成绩吧！很简单，从明天开始：

1.每一篇课文，我都认认真真学；

2.每一课的作业，我都认认真真地做；

3.上课不讲小话；

4.不再给维奥兰特传小纸条；

5.做操的时候不再交头接耳，即使西奈特·雅高挠我痒痒，我也要忍住不笑；

6.我要做个标准的好学生。

没错，就这么决定了，从明天开始，不出任何差错！我就这么做！同时，我要马上开始训练自己，在家里就做个模范的好孩子。我帮妈妈缝裙子，把自己裙子上的全部扣子都摆好。而且，我帮助罗盖背寓言故事和法语课文（判断动词的变位）。还有，清理蔬菜，好让妈妈做蔬菜汤。还有，我开始学编织。做完了这些，我不知道还有什么可做的，于是决定给餐厅来个大扫除。我先把椅子架到桌子上（这让罗盖和艾丝特大怒，艾丝特甚至把自己关进了房间），然后开始擦地板，没想到这时妈妈进来了，她大声嚷着，说我一定是生病生糊涂了。没有合适的事情可做，我只得擦皮鞋，清洗平底锅，累得我腰都直不起来！啊，做个模范孩子可真不容易呢！

## 3月13日　星期六

有一种捉迷藏时用的绝妙的数数方法：

三步并作两步跑向犁车，

有付出才能有回报，

否则，我们就会

在小驼背的树林里迷路。

轮到我来数数，可我谁也没有逮着，一定是我之前得了咽喉炎的缘故，之前，我跑得很快的。若要给模范学生打分，为这一点我肯定要被扣掉5分！都怪这该死的太阳，教室里、外面全都有阳光照着，我们好像是生活在太阳上！从我坐的位置上，可以看到院子里的椴树、天空、飞翔的小鸟。我好开心，甚至低声哼唱起来。一边，维奥兰特还在复习历史课。可不知不觉地，我越唱越大声：

鹌鹑啊，斑鸠啊，

都来这里筑巢……

其他同学跟着我的曲调扭动起来，我的脸突然涨得通红，老师说："阿丽娜，既然你这么想活动活动自己的舌头，那告诉我，恺撒定下阿莱西亚都城，是在公元前还是公元后？"

公元前？公元后？我什么都不知道，于是我回答说：

"公元期间！"

说完，又被扣了5分！我很想好好跟妈妈解释一下，全是因为那太阳，可妈妈她无法理解。

"这就是你所谓的做个标准的好学生吗？"她叹着气对我说。

我会成为好学生的，星期一，我一定做个好学生……况且，今天，因为明天节日的关系，我有点心不在焉。维奥兰特也一样，她的历史课才得了3分。她穿上了漂亮的塔夫绸连衣裙和漆皮皮鞋，可是鞋有点不舒服，右脚穿着疼，她还围了一块方巾。阿尔蒙画了一幅堪称绝妙的画：一片生活着许多猴子的森林，一群老虎正在袭击一名猎手，猎手一副惊慌失措的样子。诺诺给了阿尔蒙一支蓝色自动铅笔，他人真好！

啊！整一栋楼都井井有条的。不幸太太在给楼道的地板上蜡，一下午，我们只能走在废报纸上，如果我们不这么做，马上能听到她的喊声。

"这乱七八糟的是怎么回事？"高波尼克先生边

开门边问我。

我正想告诉他，不幸太太碰巧喊我过去，让我帮她拉一拉擦脚毡。

"明天是圣·玛蒂尔德节，波迪奥太太的节日，高波尼克先生！"我大声地对着先生喊。

不幸太太朝我挥舞着抹布，还好我离她比较远……

这时，我的脑袋里突然冒出一个想法，于是我三步并作两步地回到自己家里。

"妈妈，妈妈，你准备送给波迪奥太太什么东西？"

妈妈还什么都没有买，因为她一心只想着我们的裙子！于是，我们马上下楼，可找遍了整条街，也没有买到合适的，只看中了"不二价"商店里的一条链子，很漂亮，可是价格又太高，20法郎，太疯狂了！

"我该送什么好呢？我该送什么好呢？"妈妈嘴里喃喃道，"我什么都想不到，我可怜的姑娘！"

突然，我想起来，有一家卖小鸟的商店。最后，我们在那里买了一只很漂亮的小金丝雀，还配着一个小鸟笼，全部加起来才8法郎。买回来之后，罗盖很兴奋，他甚至想把金丝雀留在家里，可艾丝特却不喜欢，因为她讨厌鸟的叫声。

现在该试一试新裙子了，可我的数学作业还没有做完！

　　楼梯里，伯吕施奶奶的家门口，散发出一股香草的味道，她一定又是在做蛋糕……

## 3月14日　星期天

昨天，还是妈妈提醒我，让我赶快把数学作业做完。节日，节日……多么美好的一天，我们尽情地嬉笑！今天晚上，我腿疼得厉害，连从厨房走到床边都困难。不过我还是要简单讲讲节日的盛况！

首先，每个人都打扮得很漂亮。艾丝特佩戴了耳环，新的连衣裙外面还系了一条绿色的腰带；我尽管没有耳环也没有腰带，不过我向妈妈借了一顶绝美的金色小帽。罗盖的短裤稍稍显小，不过搭配的袜子非常好看，他一副小心翼翼的样子，甚至有点过于拘束了。

午饭的时候，我们乖乖地围好了餐巾，生怕把新衣服弄脏了。我几乎什么都没有吃，我要留着肚子，等着晚上吃蛋糕，还有小葱。

"我们可以走了吗？我们可以走了吗？"我们一遍一遍地催问着妈妈。

妈妈终于说："我们可以走了。"我们走出家门，小鸟在我们头顶上方盘旋，正在这时，不幸太太和诺艾米小姐已经到了楼梯平台上，还有伯吕施奶奶和加布里埃尔。我们的进场多么齐整啊！

波迪奥一家正在准备奶酪。

"节日快乐，节日快乐，波迪奥太太！"我们一起高声喊道。

波迪奥太太立刻起身。

"真是一个惊喜！我做梦也没有想到啊！"

我们一个一个地送给她礼物，她欢呼着，谢谢我们，甚至亲吻了每一个人，连爸爸也不例外。在所有的礼物当中，我认为金丝雀是最出众的。诺诺一看到它，就用他的小手指指着说："啧！啧！"阿尔蒙提议说，就给金丝雀取名叫"啧啧"吧。绣花的围脖很漂亮，蛋糕看起来也很不错，就是在我看来太小了点。至于不幸太太，她带来的是糖果，我们大家一起分着吃，可有一股柏油的味道，我偷偷地把自己的那块吐掉，因为我怕吃了会不舒服。还好，没事。

"太疯狂了！不能这样！"波迪奥太太不断地重复，"我都被你们宠坏了！"

她拿给大家看收到的礼物，有围巾、自动笔……尤其突出的是阿尔蒙画的画，这幅画确实让人印象深刻，略懂绘画的诺艾米小姐说，是属于"现实主义"风格的，她还补充道，阿尔蒙肯定是块当画家的料。

"瞧你说的！瞧你说的！"波迪奥太太反驳道。

可她边说，边看着自己的儿子，大家都知道她心里是相信的。

因为人多，椅子少，爸爸跑回家去取椅子。我们围坐在餐桌旁，大人坐一边，小孩坐一边。恰在这时，波迪奥太太的哥哥比卢艾特先生（好奇怪的名字）和他的儿子克里斯蒂安到了，他们带来了一盒巧克力，克里斯蒂安的妈妈因为感冒没有一块来。我们尝了巧克力，克里斯蒂安坐在艾丝特和维奥兰特中间，他长得很帅气，还打了领结，看起来就像橱窗里的男模特。

"克里克里是个牛皮大王！"阿尔蒙实在受不了，悄悄对我说。

这时，波迪奥太太端出一个巨大的苹果馅饼，两大盘蛋白杏仁饼干，还拿出了两瓶白葡萄酒和一些高脚杯。

"来，来，我还以为你兴奋得都想不到这些了呢！"爸爸笑着对波迪奥太太说。

波迪奥太太朝他瞟了一眼。

"我总是考虑得很周到的，杜拜先生……现在，我们开动吧，朋友们！"

"好啊，好啊，圣·玛蒂尔德节万岁！"

我们每个人都分到了一块大大的馅饼，一小块伯吕施奶奶的蛋糕，5块蛋白杏仁饼干（加布里埃尔竟然拿了9块），还有满满一杯果汁（大人们可以喝白葡萄酒）……我们多高兴啊！阿尔蒙扭来扭去的，把半杯果汁洒到了我的新裙子上。我下意识地退了一步，没想到又把我的果汁洒到了维奥兰特的腿上。

"你们俩会发生这样的事情，我一点也不觉得奇怪！"艾丝特以她那种"富太太"的口吻说，这么做作还不是为了让克里斯蒂安被她迷得神魂颠倒，克里斯蒂安正在跟她说他会滑冰。

"我还会在月球上滑行呢，"阿尔蒙对他说，"你肯定想象不到，克里克里，那种感觉才叫好呢！"

"我跟你说过好多遍了，不要叫我克里克里。"

"好，记住了，克里克里。"

"不，不是，是克里斯蒂安。"

"好的，克里克里。"

克里斯蒂安很生气。艾丝特耸了耸肩，露出那种神情……她的那种神情，我看着就讨厌。她又不是我妈妈，况且，妈妈都还没批评我，说我把裙子弄脏了。看她幸灾乐祸的样子，她甚至唱起歌来。她唱得不错，大家都鼓掌，我和爸爸也觉得很自豪。之后，诺艾米小姐朗诵了一首描写秋天的长诗，有点好玩，因为她叹息的声音，好像要晕过去一样。波迪奥先生唱了首《托斯卡纳》，不幸太太唱的是《波潘尔人》，曲调非常伤感，尤其当她唱到"流淌在没有尽头的大海中……"时，加布里埃尔的泪水哗啦啦地流下来。不幸太太的歌声得到了大家的一致好评。

"这个小男孩的感情还挺丰富的。"不幸太太对伯吕施奶奶说。

我们其他人都捂着嘴笑，除了艾丝特和克里斯蒂安，他们正津津有味地谈论着各自的作文和考试的好名次呢。

"阿丽娜在背诵测验中拿了第二名！"维奥兰特高声说。

克里斯蒂安转身看着我。

"好了，让她朗诵点什么吧！"

我不愿意，妈妈示意了我一下，我不得不遵命……啊，我结结巴巴地说不出话来！我害怕，背到狐狸和獾的时候便一直卡着，我不断地重复着那两句：

长嘴的獾吃不到面包屑……

长嘴的獾吃不到面包屑……

我再也背不下去了。这时，我看到克里斯蒂安轻轻地对艾丝特说了点什么，是在说我的坏话。艾丝特，没错，她笑着看着我……我心里好难受！突然，节日的快乐和蛋糕的美味都消失了，我真想一个人离开，痛痛快快地哭一场。维奥兰特察觉到了我的异样，等我回到自己的座位上时，她挽起我的手臂，偷偷地亲了亲我。她真是个好人。可为什么，她对我这么好，我还是更喜欢那个常常让我伤心的艾丝特呢？真是不公平！

有人敲门，是煤炭商，他穿着周日的礼服，带来了一大瓶紫罗兰。诺诺很害怕他的大胡子，一见他便大喊大叫，像着了魔一样，维奥兰特立刻过去抱起他。这时我们才发现，我们唱歌的时候，他一直吮着送给他妈妈作礼物的蓝色自动笔，口水弄得到处都是，连头发上都沾上了口水。

"我不是早跟你说要好好看着他嘛！"波迪奥太太大声对维奥兰特说。

她可能是说了这样的话，可维奥兰特并没有听见。我忍不住为维奥兰特出头，这时波迪奥先生眼见事情越闹越大，提议一起跳舞。

"好主意！"煤炭商说，"去我的院子吧，那里宽敞些！"

我们抱着波迪奥家的电唱机冲下楼梯。天气真好，不冷不热，湛蓝的天空，万里无云，是真正过节的天气。我们开始跳起舞来，克里斯蒂安和艾丝特，我和阿尔蒙，维奥兰特和罗盖，罗盖踮着脚尖，扮出大男孩的样子（加布里埃尔喜欢坐着，没来和我们一起跳舞）。可是，突然一下子，音乐声没有了，阿尔蒙这个蠢货竟然摔在电唱机上，电唱机就这样被压坏了。阿尔蒙挨了一巴掌，可也已经于事无补了。没有音乐，我们可真不知道该如何是好，正在这时，我们身边传来柔和、欢快、快节奏的舞曲声，让我们情不自禁地跟着舞动起来。原来是高波尼克先生站在手推车上，演奏起了小提琴，像木偶一样蹦蹦跳跳的。他是怎么进来的？是一个谜！可既然他已经在这里了，况且还为我们演奏音乐，就让我们一起尽情地跳舞，一直跳到上气不接下气。

"哦，和那天晚上一样，是萨拉班德舞曲！"波迪奥先生说，脸上挂着豆大的汗珠，"不过，这次，邻居，我们正需要这样的曲子！"

大家一同鼓掌！

萨拉班德舞曲过后，又是另一支曲子。高波尼克先生的头发飞舞着，身体也随着音乐扭动着，手推车也东摇西晃，而我们像陀螺似的转圈，嬉笑，大声地喘气，唱着，跳着波尔卡舞，所有的舞曲。突然，煤炭商抓住我的手腕，我不禁跳起来，可一跳起来，却好像怎么也落不了地。我的喊叫声越响，他就把我拎得越高。当我被拎到高处时，我发现胖嘟嘟的卡曼正在窗口看着我们。

"来呀！来呀！"我对着她喊。

可她却一把拉上了窗帘。唉，她只能和她的面条跳舞了！

"你们知道博普爵士乐吗？"克里斯蒂安问我。

博普爵士乐？不知道！可我对他说我知道，这下糟了，因为我总是找不到节奏，走不对步子，比讲寓言故事更糟糕，我不断地踩到他的脚。

"重新来吧，"他说着，咬了咬嘴唇，"慢慢地，先左边，后右边……"

"噢，不，"我暗暗寻思，"我们可不是在学校啊！"

于是我大声说："该死的博普爵士乐！"

话音刚落，克里斯蒂安即刻抛下我，去找艾丝特了。艾丝特跳得多好啊！头微微向右倾，手轻轻地搭在她那位骑士的肩上，活像正在参加大型舞会……没错，她好似一位仙女，穿着浅绿色的连衣裙，还有那一头美丽的长发。我还记得，我得咽喉炎的时候，她为我买了糖渍樱桃。我突然觉得不那么难受了，毕竟，艾丝特，她非常爱我，而且，若是克里斯蒂安对我像对艾丝特那么好的话，我原本不会做的事难道就会做了吗？走过他们身边的时候，我对她说："你真漂亮！"她善意地对我笑了笑……亲爱的艾丝特。

最后，大家都跳得筋疲力尽，煤炭商搬出家里的长椅，我们个个瘫坐在上面。

"穿着皮鞋，我脚好疼啊！"维奥兰特轻轻对我说，她悄悄脱了鞋，让脚放松一会儿。

没想到阿尔蒙这个小疯子拿了维奥兰特的鞋，挂在木棍的一头，挥舞着木棍在院子里乱跑，一边还唱着没头没脑的歌：

新娘，不穿鞋的新娘，

不知道该怎么办才好。

维奥兰特气得满脸通红，可我们大笑不已，她终于也忍不住跟着我们一起笑起来。

跳了那么长时间，大家都有点口渴，爸爸和波迪奥先生买来了加柠檬水的咖啡，我们端着咖啡，还不忘为波迪奥太太道贺节日快乐。不过，这次多了高波尼克先生与我们一起碰杯。大家都开始喜欢和他聊天，不幸太太也承认，今天他所做的真是一件好事。高波尼克先生看起来很高兴，他瞟了我一眼，好像在对我说："嘿，搞定，我成功了！"休息片刻之后，我们又开始新一轮的舞动，直到夜幕降临，周围很多人都趴到窗台上，看看我们到底是怎么回事。

好了，现在，节日都结束了。

我不仅让新裙子沾上了污渍，还不小心把裙子卡在手推车里，扯破了一块，罗盖也把新短裤弄脏了。幸亏妈妈什么都没说，我想可能是太开心了。至于晚饭，大家都已经累得提不起劲来，我们就把馅饼和奶酪放在膝盖上，一边将就着吃，一边还谈论着白天发生的事，只有罗盖不知不觉睡着了，鼻子上沾了馅饼屑都不知道。我听见艾丝特上床的声音，就赶紧装睡着，因为我不想她把我叫醒，告诉我克里斯蒂安对她说了什么。我困了……今天就写到这里吧。

## 3月15日　星期一

没什么特别的一天。腿疼，妈妈看到了我的裙子破了，不过都已经过去了，她也没必要生气了。

## 3月16日　星期二

我地理得了8分，维奥兰特得了6分，西奈特·雅高也得了8分，玛丽·高丽乃得了7分。我又和玛丽吵了一架，我想拿她的无边帽当锅（我们玩开餐厅的扮演游戏），可她不愿意。我叫她"蚂蚁"：

蚂蚁不肯借别人东西，

这只是她最小的缺点……

她气得拉着自己的辫子，我最终饶了她。

艾丝特法语考试又拿了第一名，还有，她对我很好。

# 3月19日　星期五

可怕的事情发生了，太可怕了。艾米勒叔叔死了，他的车冲到沟渠里，车翻了！是夏洛特婶婶发来的电报："艾米勒过世——周一早上葬礼——夏洛特"。

一会儿之后，爸爸在报纸上读到了相关报道，解释了事情发生的原委，报道中也提及了艾米勒叔叔的名字。报道是这样写的：

土伦，星期四。

由居住在布鲁斯克的34岁驾驶员艾米勒·杜拜驾驶的车牌号为108摇土伦——布鲁斯克公交车于今天早晨9点30分，冲入一条沟渠中，翻车地点在莫利龙，事故发生的原因还在进一步调查过程中。据事故的唯一目击者马塞尔·胡夫称，公交车突然偏右行驶，沿着该地区的路边土堤一路向上，继而撞倒了一盏路灯，然后继续偏行，最后消失在6米深的陡坡下，顿时传来旅客的惨叫声，所幸的是车内旅客不多。

在胡夫先生的求救下，附近的渔民从撞翻的车中把困在车内的旅客救出。他们是家住土伦罗高丹路3号的普洛斯皮尔·布隆岱夫人和她14岁的儿子阿兰，家住萨那里帕什街2号的寡妇高丢斯太太，三人经过包扎后均已安全返回家中。而司机则当场死亡。这是近六个月以来，这条路上发生的第三起事故。重大事故发生之频繁，我们不禁扼腕叹息。

妈妈很伤心，痛哭流涕，爸爸也是一样。电报到的时候，我们正在吃花菜，看了电报，大家都没有心情继续吃下去，只有罗盖除外。

我不得不承认，艾米勒叔叔的死对妈妈的打击要比对我的打击大得多，因为我几乎不认识艾米勒叔叔。可看到爸爸妈妈哭，我也同样忍不住掉眼泪，特别是爸爸，平时他从来不落泪。而且，我想，他们看到我哭，也会觉得安慰。每次我不再想哭的时候，就想着叔叔被一辆巨大的车压死了，于是眼泪便又出来了。

妈妈不停地说："可怜的夏洛特，她才生下小女儿，刚刚满月，她该有多难过啊！我们得马上过去，费尔南，立刻，可孩子们怎么办？"

我说，这几天我会跟艾丝特好好相处。波迪奥太太来到我家，她从不幸太太那里听说了电报的内容，答应照顾我们姐弟三个。

爸爸很快下楼去街角的咖啡馆查询了火车时刻，可由于票价的问题，爸爸妈妈还不能马上动身。160法郎一个人，两个人就是320法郎……好大一笔钱！

"我们只有300法郎，怎么办？"妈妈大声说。

"这样，"爸爸回答说，"现在只有一个办法，我们两个人中去一个。晚上8点40分就有一趟去土伦的火车，我今晚就走。"

"不，不，"妈妈哀求道，"让我去看看夏洛特吧！"

爸爸说这不可能，必须有个男人在场，与公交车公司商谈有关赔偿的问题，可爸爸越是解释，妈妈就越坚持要去。

"夏洛特是我的朋友，甚至算得上是我的姐妹，她一定在等我过去，我敢肯定。我要去陪着她，我快去快回……星期四回来！"

爸爸终于让步了，最后决定让妈妈去。她让我这两天不要去上学了，帮忙赶制孝服。艾丝特带着罗盖下楼去，她不太高兴，她觉得妈妈不一定非要离开我们，而罗盖则不耐烦地跺着脚。

"要是我跟小伙伴们说报纸上的事，他们会怎么说？"罗盖悄悄地对着我的耳朵说。

## 3月20日  星期六

妈妈出发去土伦了。啊，我们三个哭得非常伤心，波迪奥太太用尽各种办法都安慰不了我们。我们想送妈妈去车站，可地铁票也很贵，5法郎一个人，爸爸不允许。妈妈也舍不得我们，她也哭了，一次次地下了楼梯又上来，拥抱我们。看到她这个样子，我们心里真难受。妈妈全身穿着黑色，除了那件罩在最外面的栗色旧大衣，她生怕在火车上弄脏了葬礼上要用的东西。她至少跟我重复了不下20遍，告诉我从今天到下周四，一日三餐该怎么做，明天吃的浓味蔬菜炖

肉块该怎么准备。

"还有，"她补充说，"你好好看着罗盖，别让他弄湿了脚。星期二，全家人都要换衣衫……特别是，阿丽娜，你要好好照顾爸爸……"

还没等妈妈说完，艾丝特就生气了。

"为什么你只跟阿丽娜说，不跟我说？"她跺着脚质问妈妈。

"哦，"我反驳道，"你闹得有点过分了！平时，你从来什么都不管的，可现在，你又愿意啦？"

"妈妈，"她说，"像一个大人一样指挥安排家里的一切，该是件多么有趣的事情啊……而且，我年纪也比她大！"

"至于这个，我的女儿，"妈妈略带伤心地说，"你应该常常想到这一点才好啊……既然你说'很有趣'，就像你说的，我也应该对你们一视同仁。阿丽娜在周日和周一代替我，你，就在周二和周三代替我，我周四早晨就回来了。"

我们上前抱住她，我真高兴，想到妈妈晚上就要去土伦，又觉得有点难过。我不能再写了，该是睡觉的时间了，明天星期天还有一大堆事情等着我去忙呢……

## 3月21日　星期天

　　餐厅整理好了，卧室整理好了，全家人都洗漱完毕，吃过早饭。我迅速地下楼去市场买东西：

　　一斤半浓味蔬菜羊肉块；

　　一公斤土豆；

　　四分之一块干酪；

　　一斤苹果；

　　一包面条；

　　红酒和面包。

　　可我好想睡觉啊！我们昨晚一夜都没睡好，我和艾丝特心里都有些紧张。我们聊起妈妈，艾丝特学过法国地理，她说妈妈现在应该到了第戎，第戎是金色海岸的首府（今天早晨，她应该到了马赛，法国的第一大港口）。我们还说要尽可能做点好吃的甜点，安慰一下爸爸，爸爸因为艾米勒叔叔的过世非常伤心。

　　"星期二我做奶油馅饼给他吃，怎么样？"艾丝特提议。

　　可她既不会做奶油，也不会做馅饼，现学现卖也来不及了，再说星期二还得上学呢。于是，她去准备她的煎饼，本来她自己也很爱吃煎饼，而我中午的

时候做烤苹果（放进烤箱45分钟）。这下爸爸有口福了！他坐在锅旁边，无精打采地看着眼前的一切，我跑过去拥抱他。

"什么？什么？"他惊跳起来，"你怎么回事？你怎么还笑得出来？现在是开心的时候吗？"

"我……我不笑了。不过，这确实是一个惊喜！"

为了不惹爸爸生气，我不敢再多说话。我所谓的惊喜是关于烤苹果的。

## 10点钟

我拎着篮子要出门，这时波迪奥太太来了。

"是我，杜拜先生，不好意思打扰您，我来是想请你们全家去我家吃午饭，就今天……这样小孩子们也不用这么辛苦了……"

"一点都不辛苦，我不去！"我大声说。

可爸爸已经点头答应了。

"好的，波迪奥太太，非常感谢！你，阿丽娜，哪儿学来的这么不懂礼貌？怎么可以这么跟波迪奥太太说话呢？"

"可爸爸，是因为……"

"够了！"

"看看，看看，"波迪奥太太说，"别生气，我可怜的杜拜先生，这个年龄的孩子，说话总不会考虑得太多的……好，我先走了，一会儿见！"

啊！我的烤苹果，我美味的蔬菜炖羊肉，这样艾丝特可以比我多做一餐。我把篮子扔在地上，拿着零钱包捏来捏去，失望透顶。爸爸用眼角瞟了我一眼。

"你现在是在赌气吗？忍无可忍啦？"

"可爸爸，是因为蔬菜炖羊肉，我想给你做一餐好吃的炖羊肉……还有为你准备的甜点，你还记得……"

"好了，好了……不要再说什么蔬菜炖羊肉，什么甜点啦……与其在这里生闷气，倒不如学学你姐姐。你这会儿在浪费时间，她可在用功看书！你明天不用交作业吗？"

"我没有作业，昨天下午我就没去上课。"

"你就不能问下维奥兰特有什么作业吗？这才是你应该做的事情，你妈妈也会高兴的，如果看到你……快去快去，去找维奥兰特，你这个懒丫头！"

懒丫头！我跑到楼梯平台上，哭啊，哭啊！懒丫头，竟然这么说我，我做完了所有的家务，还想做一顿美味的炖羊肉，做烤苹果！妈妈为什么要走呢？我没想到事情会变成这样，我以为爸爸很伤心，我要尽量地安慰他，可恰恰相反，他因为我而生气。我号啕大哭，维奥兰特听到哭声跑出来。

"是你啊？你是因为叔叔过世伤心吗？"

"不……不，是因为爸爸。"

我告诉了她一切。

"听我说，"她带着浅浅的微笑对我说，"来我家，我帮你复习历史，你可以抄我的数学作业，这样很快就完成了！而且，你知道，我们家中午还有巧克力奶油吃！"

她的话让我的心情渐渐平复下来，特别是她给我吃了一块非常好吃的樱桃味水果糖。可我数学作业刚写到第三行，就传来一阵急促的敲门声，爸爸突然出现在门口，气愤的样子，头发也乱七八糟。

"你在这里做什么？"

"可爸爸，是你让我来维奥兰特家的。"

"我知道……我知道……你还是快点跟我回去吧，马上回去！那两个孩子快把我逼疯了！罗盖数学运算一点都不会，艾丝特不但不帮他，还捉弄他，对着他的耳朵骂他是蠢驴！还有，我蓝色的羊毛袜子找不到了。唉，阿丽娜，那双蓝色的羊毛袜子塞到哪里去啦？我全翻遍了，都没找到，我受够了，受够了！"

"太好啦。"我冷淡地回答道，然后非常自豪地跟着他离开了维奥兰特家。

等我回到家，家里都变成什么样子了？整个餐厅乱七八糟，壁橱里的东西也是凌乱不堪，袜子扔得满屋子都是，在这一片杂乱之中，艾丝特暴跳如雷，不断地摇晃着罗盖，而罗盖调皮地挣扎着。

"你还敢不敢再烦我？"她大声说，"我还要复习功课。"

"住嘴！"爸爸叫喊着，"住嘴，否则我……"

嘭的一声，艾丝特和罗盖一人挨了一巴掌。

罗盖扑到我怀里。

"你留在这里，答应我，答应我你再也不走了。艾丝特是个坏蛋，爸爸也是个坏蛋，我要妈妈，或者是你。"

我跟他讲道理，让他明白爸爸因为伤心，所以很容易发脾气。

"设想一下，如果你是他的话，你的弟弟出了车祸……"

"可我没有弟弟呀！"

"或者，比如说你姐姐……"

"可，他没有的是弟弟呀！"

我忍不住笑起来，我抱了抱他，让他坐到椅子上做作业，并答应给他讲解运算题（他不像我这么聪明，可怜的罗盖）。不过在陪他之前，我收拾好所有的袜子：桌子底下有三双，壁炉后面有一双。爸爸看着我做这些，有点惭愧。

"你明白的，阿丽娜，我是为了找那双蓝色袜子，可我怎么也找不到。"

我什么都没说，径直走到壁橱前，我第一眼就看到了躺在衬衫旁边的蓝色羊毛袜子。

"在这里呢！"

爸爸挠了挠头。

"真的是啊！我敢向你保证，刚才肯定不在那里，我又不是瞎子，如果在那里的话，我一定能看到。"

可怜的爸爸！我拥抱了他，他用他的脸贴着我的脸。

"我干了一件蠢事，我的阿丽娜，你妈妈不在的时候，我真不知道该如何是好……还好有你，你真是个贴心的姑娘！"

我的心里头涌起一阵暖流，我开心地对爸爸说：

"我还是会为你做烤苹果的。"

# 3月23日　星期二，早晨5点钟

　　我睡不着了，轻轻地起床，来到厨房，可感觉好累啊！我原本以为照顾一家人是一件很愉快的事情，现在发现根本不是，我受够了，特别是爸爸出奇的挑剔。他常常为鸡毛蒜皮的事埋怨我，之后又后悔，不过还是继续埋怨。我有时会问他，妈妈也常问他同样的问题：

　　"在马尔蒂乃先生那里工作还顺心吗？"

　　可他耸耸肩，我猜想他压根儿没把马尔蒂乃先生放在眼里。他对我还算比较耐心，可他受不了艾丝特。艾丝特常常拿着本地理书，在屋子里到处走，我要她帮我做点什么，总能招来一顿责骂。

　　"艾丝特，你能不能帮忙把杯子放到餐桌上，我在煎牛排？"

　　"北部，首府是里尔……你自己放，别来烦我！"

　　就是这样，整整一天就是这样。明天就要考试了，她得抓紧时间，可是今天应该是轮到她来照顾一家子人的。无论如何，我想她根本没打算负起这个责任。我把这个任务交给她的时候，她拒绝得非常干脆。跟爸爸闹了一场之后，她肯定是下不了台了，正因为这样，她才更生气。

而罗盖呢，吃完午饭之后，他坐在我腿上，就像和妈妈在一起时那样，一有不开心他就爱坐在妈妈身上，今天也是一样，他撕破了地图册，被扣了2分。

"不是我撕破的，是布里拽我的胳膊，他是故意的，故意让我撕破地图册，因为今天早晨我没有把大弹珠借给他玩。"

紧接着，是一个漫长的关于弹珠被偷和被寻回的故事，可惜我什么都没听懂。可怜的罗盖，他气得连话都说不清楚了，看得出来，他心里很难过。

"好了，我会把你的地图册补好的。"我对他说。可他还是很伤心，我也一样。每次我都想哭出来，可我又不能哭，因为只要我轻轻叹一口气，爸爸就会用不安的神情望着我。

"你怎么啦？你怎么会哭呢？我的阿丽娜，你总是心情很好的呀！"

我猜想他一开始就看准了这一点。好吧，我只有继续强装好心情。有时候，我一个人跑到维奥兰特家里，向她诉说一切，只有这样才能让自己放松一下。维奥兰特也不知道该如何安慰我，但至少，她是我的听众，这就足够了。

昨天，我和爸爸要出门的时候，高波尼克先生轻轻打开门，示意我们进他屋里。爸爸犹豫了一下，不过我从后面推了他一把，我们三个人围坐在他家的红色餐桌边。

高波尼克先生朝我们微笑，坐在椅子上很激动的样子，时不时尴尬地轻咳几声。

"我刚刚得知，"他终于开口了，"杜拜先生，你遭遇了这样的大不幸。我知道失去亲人的滋味，我的太太也不在了，已经过去三十年了，可直到现在还是……你看，只要每次有人按门铃——很少有人会按我的门铃，确实是这样——我都会对自己说：'是她。'所以，我很清楚这种感受。"

他的声音在颤抖。一般来说，我不喜欢看到大人们感动的样子，我会觉得不习惯，甚至有点讨厌看到那样的情景。可是这次完全不同，可能是因为高波尼克先生实在看起来不像个真正的大人。在我们的印象中，他常常会做一些只有小孩子才会做的事情，比如说，玩造房子的游戏，捉弄矮个子的人。但正当我以为他沉浸在过去的悲伤中的时候，他却突然开始笑起来。

"还好，还有孩子们……音乐……来，你想让我为你演奏点什么吗？"

一开始爸爸拒绝了，弟弟下葬的日子，自己却享受音乐，这对他来说实在太罪过，太罪过了。高波尼克先生从椅子上跳起来。

"应该有音乐，有音乐！那天波迪奥太太庆祝会上的舞曲，还有其他的曲子！听听！"

他拿起小提琴，开始演奏起来。我真说不上来这是一种什么样的音乐，不，真的不知道。和往常的完全不同，更深长，更悠远。我拉着爸爸的手，我想起了妈妈，想起了罗盖，想起了夏洛特婶婶，突然，心里的感觉是那样强烈，我终于有了痛哭的勇气。总有一些像这样的东西，可以让你如此舒心，仅仅是因为它们的美好，那样美好！曲调时升时降，我的心跟随着音乐，在音乐声停下的那刻，我似乎也要倒下了。我当时的表情一定很奇怪。

"你怎么啦？你看起来很奇怪！你没有不舒服吧？"爸爸担心地看着我。

我摇了摇头，甚至说不出话来。高波尼克先生也不说话，不过他的眼睛里闪烁着幸福的光芒，当我转向他的时候，我很清楚，他完全理解我的感受。这种感觉很奇怪，一个与我并不很熟悉的人，我却在一瞬间与他的心靠得那么近。

昨天晚上，我做了一个梦：我和艾丝特到了滨海阿尔卑斯省，地上一片粉红色，就像地图上那样。远处是一座城市，好似一个大大的黑点，从那里，走出好多好多人，排成长长的队伍，静静地在我们面前经过。艾丝特大声地数数：

"180000个尼斯人，180001……180002……可怎么也数不到214416，我数错了，我要得零分了！"

她的声音变得越来越尖，回荡在这个滨海阿尔卑斯省的上空。而我，我的耳朵像被震聋了一般……突然，人们开始放声高歌，歌声非常悦耳。这时，其他的一切都不再重要了。

"住嘴，"我对艾丝特说，"让我好好听听他们的歌声！"

可她还在重复：

"我要得零分了，零分，零分……"

重复了那么多次，那么多次，直到我惊醒过来。不错，艾丝特确实是这样说的，挥动着手臂，我摇晃着她，她叹了一口气：

"啊！只是一个梦而已……不过不对，不对，我也不知道，滨海阿尔卑斯省……特区，我不知道，我什么都不知道……"

"没错，没错，你来看看！"我说。

我跑去查她的地图册，是格拉斯和布吉—德尼尔。艾丝特又睡熟了，可我睡不着。我一动不动地躺在床上，睁大眼睛看着窗帘后面天色慢慢地变亮，听着外面人们的歌唱声，终于，最后我也受不了了……闹钟响了！我急急忙忙地穿衣、洗漱，否则，艾丝特会抢在我前头！

## 星期二晚上

3点钟，邮差送来一封信，是妈妈寄来的。我放学回来的时候，不幸太太把信交给我，我赶紧拿去给爸爸看，爸爸还在马尔蒂乃先生的作坊上班。信上正是妈妈星期天到土伦的时候写的几行字：

顺利到达。可怜的夏洛特病得很严重。我感觉离你们很远……

"我感觉离你们很远……"

妈妈，亲爱的妈妈。

"怎么样，事情怎么样啦？"马尔蒂乃先生问道。

"嘿，"爸爸说，"还可以吧。"

说完，他小心翼翼地把信放进钱包里，又开始继续刨木板。

我飞快地跑回家，我这样做是对的，因为罗盖正在楼梯平台上等着我，一个人，很伤心的样子。

"你总算回来了。我想吃点心，阿丽娜。"

"好的，艾丝特呢？她也可以拿给你吃啊。今天

110

轮到她负责！"

他用手指了指房间的门。

"嘘！她说不允许别人去打扰她。"

我明白了，她在创作。啊，这个艾丝特，这时要是去打扰她，她肯定会大发一通脾气……况且，午饭也绝对不是几张煎饼就能解决的。而且，我认为她根本不应该做煎饼，妈妈没有告诉她，其实妈妈走之前已经定下了今天的菜：牛排、炸土豆、苦苣沙拉。

可是艾丝特一味地想着煎饼，所以她一放学回到家，就跑到市场上，花了爸爸早上给她的10法郎。

买完材料回来，她就一头扎进厨房。

"需要我帮忙吗？"我敲了敲门。

"不，不需要！"

"那我准备餐具吧？"

"不用，今天轮到我负责！"

就这样，一直到中午，爸爸回到家。

"阿丽娜，怎么餐具都还没有放好？"

我跟他解释了原因。爸爸赶紧跑到厨房，我们看到，在油烟弥漫的厨房里，艾丝特脸颊通红，拼命地晃动着平底锅。

"噗，什么味道啊！还有，餐具怎么还没有准备好？"

"我来，我来！"

她郑重地准备起餐具来，而我和罗盖在一边偷笑。可爸爸却压不住一肚子的火气。

"都弄好了吗？已经1点差10分了！"

艾丝特不回答，示意我们入座，拿来一大盘摆好的萝卜，然后又折回厨房，这下出场的是煎饼！罗盖兴奋地拍手，爸爸惊讶地瞪大了眼睛。

"这是甜点！肉呢？蔬菜呢？"

"可是，"艾丝特用尖尖的声音说，"只有10法郎，可不能什么都想吃到！"

接着，她向我们解释：

| | |
|---|---|
| 5个鸡蛋，0.35法郎一个 | 1.75法郎 |
| 1公斤面粉 | 1.80法郎 |
| 1升牛奶 | 0.90法郎 |
| 0.5斤黄油 | 2.93法郎 |
| 萝卜 | 0.60法郎 |
| 面包 | 0.75法郎 |

最后，只剩下1.27法郎。至于晚饭的材料，还什么都没有买呢。

"不过，"她继续说，"你们可以好好地享受一顿，我为每个人做了四张煎饼！"

爸爸狠狠地拍了一下桌子，拍得那么重，我们不禁不住吓得跳起来。

"四张煎饼！四张煎饼！我恨不得把你的煎饼全扔出去！你们想想，有这样的午饭吗？几根萝卜加一份甜点？"

"可这很好吃呀！"

"很好吃呀（他模仿艾丝特的语气）！你妈妈是怎么跟你说的，你又做了什么？"

艾丝特耸了耸肩。

"今天是我负责，我说了算！"

嘭，一记耳光！当她哭成泪人的时候，从厨房传来一股烧焦的味道……

"我的煎饼！"可怜的艾丝特大叫。

太迟了！煎饼变得黑糊糊，硬邦邦的。

"好了，我说过我来安排一切的嘛，还好，桌上还剩好几张，应该够吃了。"

大家开动，尝了尝……好难吃……太咸了，咸得舌头都辨不出味道，我们不得不都吐出来。爸爸气坏了，艾丝特不断重复着同一句话，很沮丧的样子：

"我不知道怎么做煎饼……我不知道怎么做煎饼……"

这时，我悄悄地走进厨房，以最快的速度炸了一大盘土豆。这下，爸爸的怒气总算得到了小小平复，不过艾丝特却气得脸色发青。等爸爸走后，她连盘子都不愿意洗。4点钟的时候，她对我说，既然做了那么多，结果却是这样，她再也不管了，什么都不管了。我不同意，她开始向我诉苦，可怜巴巴的样子，说她根本不会干厨房里的事情，她这么辛辛苦苦，结果却挨了一记耳光，听她这么说，我只有让步了。我代替她，还答应帮她背地理课各省的名字。

她高兴地抱紧我的脖子。

"谢谢，谢谢，我亲爱的妹妹！"

她紧紧地抱着我，都让我有点喘不过气来，她还把那块很漂亮的蓝色新橡皮送给我。这虽然让我很开心，可我一下子多了很多活儿：作文明天要交、晚饭要准备、袜子要缝补、帮助罗盖背动词变位，还有帮助艾丝特和准备测验。顺便说一下，我今天早上有一场测验，不过很糟糕，很糟糕……我怎么可以一边想着两条潺潺流淌的泉水和复合利率，一边脑袋里又装着那么多琐碎的事情呢？我肯定算错了，我敢保证，不过，就如艾丝特说的那样，这对我也无关紧要，因为我从来不争第一，不像她。

## 3月24日　星期三中午

我算术考试得了全班倒数第二，没错，没错，班上一共34个人，我是第三十三名，比胖卡曼差，比玛丽·高丽乃差，比其他人都差，除了露露·多拜，她交了白卷。

"你的成绩很不理想，阿丽娜，"多丽丝老师对我说，"你必须加把劲才行。"

我低着头。该如何向她解释呢？对着她抱怨，可真不是件容易的事。

当我把测验的成绩告诉爸爸之后，爸爸开始发火：

"你丢不丢脸啊！"

不过他马上镇静下来。

"你上次是第几名？"

"第十四名。"

"好，等到下个学期，你一定会拿第二名……你看着吧……到时妈妈回来了！"

是的，是的，到时妈妈回来了，妈妈明天早晨回来，8点22分的火车。太幸福了！爸爸特地请了假，去车站接妈妈回来，他甚至说，回来的时候会买奶油蛋糕给我们吃。我和罗盖高兴得跳起来，不过艾丝特并不那么高兴。她待在那里，穿着睡衣，情绪低落的样子，这都是因为早上的地理测验，她一时记不起康塔勒这个省的名字了。不行啊，似乎测验就是生活的全部！不过对于艾丝特而言，确实是这样。

## 3 点钟

妈妈写信来，说她暂时不回来了。这怎么可能！爸爸呆坐在餐桌前，一边将一张信纸翻来覆去地看，一边跟波迪奥太太诉说。我不想让咪咪舅妈来！夏洛特婶婶就不能作另外的安排吗？原来说好的奶油蛋糕呢？那明天早上怎么办？星期五、星期六、星期天该怎么办？

我们该怎么办，还有六个星期，这六个星期，我们该怎么办？妈妈在信中是这么说的：

自从事故发生后，可怜的夏洛特婶婶吃不下又睡不着，她整天躺在床上，脸色苍白，人也渐渐消瘦下去。

妈妈还写道：

今天早晨，她还差点出事。费尔南，你可以想象她想带着她的孩子们一起跳海吗？她嘴里不停地说："这是我现在唯一可以做的事了。"我拉住她，她就打我，抓我，像疯了一样。我只得叫来医生，医生给她注射了一支镇静剂。医生说："是因为受的刺激过大，造成意志消沉，情绪不稳定。情况并不严重，慢慢会好转。不过必须有人陪着她，不能留她独自一个人。有人可以住在她家，陪她几个星期吗？""没有人！"夏洛特婶婶喊道，"除非米内特，米内特，米内特！"我把医生拉到一边："可我家人还在巴黎等着我回去，医生，我丈夫，我的三个孩子……我星期四必须得赶回去……可是……可是要是我走了，她会不会有事啊？""这样的话，太太，我也不敢保证！"

最后，妈妈说：

我可怜的费尔南，你想让我怎么办？把他们六个人一起带回巴黎吗？不可能啊！只有天知道，离你们这么远，我心里是多么难过。这无论是对我，还是对你们来说，都是一件痛苦的事情。可是我又怎么能够扔下夏洛特不管呢？

妈妈还说，她还要在那里待六个星期，而我们又不能六个星期都没有人照顾，所以她才提出让咪咪舅妈来照顾我们，还交代家里要进行一次彻底的大扫除，并列出了一大堆家务活方面的注意事项，"这样才能在咪咪到达之前，让家里的一切都井井有条，你是知道她的习惯的"。

啊！我们不同意，而且我觉得爸爸也是和我们站

117

在一边的，可妈妈的信又让他不知所措，老实说，现在连他自己也不清楚他想做什么，不想做什么。

最后，他只得求救于波迪奥太太，波迪奥太太爽快地说，不必叫什么咪咪舅妈、露露阿姨或者内奈特阿姨之类的，她会帮助我们一家，而且我又是这么一个"听话的孩子"。不过爸爸突然摇头表示反对。

"不，波迪奥太太，你自己家里的事情已经够你忙的了，还有几个孩子，他们还得上学，不能总是麻烦你啊。看看阿丽娜的表情！不好，不好，还是叫咪咪来吧，况且这也是我太太提出来的。"

波迪奥太太耸了耸肩。

"那看你方便吧……从某种程度上说，这也不失为最合理的解决办法，可怜的杜拜先生！"

爸爸要去给妈妈回信。我们很伤心，很伤心。并不仅仅因为咪咪舅妈要来的缘故，主要是因为妈妈，妈妈要过那么久才能回来……

## 3月25日　星期四，2点钟

咪咪舅妈发来电报，说她今晚就到。

爸爸说："她还是很热心的。我希望这段时间你们能好好听话，作为对她的感谢……现在，赶紧，把东西都收拾好，亲爱的……你们应该记得妈妈是怎么交代你们的！"

真是一项大工程！啊，妈妈说的是一次彻底的大扫除！我们一起动手：艾丝特、我、波迪奥太太、维奥兰特，甚至连不幸太太也拿着餐厅的地毯跑到楼下，在院子里掸灰尘。上星期天之后，我确实对家里的卫生有点疏忽了，特别是那个壁炉，它制造灰尘的速度非常快。我和维奥兰特擦镶木地板，一直擦到手火辣辣地疼，波迪奥太太清洗方砖地，而艾丝特则一边擦平底锅，一边嘴里嘟哝着，她可以……罗盖被大家赶来赶去，从镶木地板到方砖地，从方砖地到平底锅，他都不知道该把脚放哪里好。

"你抬一下脚，那里……那里……那里……要是被咪咪舅妈看到你这样怎么办？"

终于，到了中午，一切都弄好了，除了今晚波迪奥太太拿回他们家洗的小桌布。

结果，刚上过蜡的地板散发出一股怪味。爸爸午饭时间回来的时候，刚一脚跨进门，就嘭地摔倒在地上，因为地板太滑了。

"这样我就知道你们把地板重新上了蜡！"他用满意的口吻说。

他的话让我们大家都开心地笑起来。他接着说：

"你们把壁橱也清洗干净了吗？"

"可是壁橱是不能洗的，爸爸，只能擦。"

"噢，对对……那椅子呢？还有餐具呢？这些都是你们妈妈交代的，我才这么说。"

可怜的爸爸，他以前从来不管这些家务活的。我们笑着冲进他怀里，他也和我们一起笑起来，说家里的一切他都觉得是那么美好！

今天晚上的菜单已经列好了：韭葱汤、煎鸡蛋、面条，我敢保证一样都不少。现在，赶紧准备餐具，接着是……然后是……啊，妈妈快回来吧！

**3月26日　星期五**

　　咪咪舅妈人真好！昨天晚上刚一到，她就送了我们三个人一份真正的大礼！这个玩意儿有点类似赛鹅棋①，不过是环游欧洲：起始点是巴黎，终点是马德里，一共有60格，游戏规则也和赛鹅棋一样，唯一不同的是，要是中途掉进河里，就要轮空三次，因为"需要时间游过河"，爸爸是这么解释的。艾丝特赢了一次，我也赢了一次，可罗盖老是数错步数。

　　"你好像算术不太行啊。"咪咪舅妈已经注意到了。

　　"才不是呢！"他激动地回答。

　　"噢，不过，你好像还挺骄傲的。"

　　晚餐准备得很成功，或许面条有点偏淡。不过，咪咪舅妈说："淡了比咸了好，淡了还可以加盐，太咸就没办法了！"说这些话的时候，咪咪舅妈一直面带慈祥的微笑。只是有一点，她总是觉得屋子里有煤气的味道，她让我和艾丝特一次次地进厨房，去看看煤气阀门有没有拧紧。

--------

①赛鹅棋：棋盘分成63格，每9格有一只鹅的图案，以掷两个骰子决定每次前进的步数，经历各种周折，先达目的地者为胜。

我们每次检查完回来都说：

"没错，咪咪舅妈，都拧紧了。"

"真奇怪"，她用力嗅了嗅，"我敢保证绝对是煤气的味道……也可能是从管道里漏出来的……我明天看看……"

爸爸把夏洛特婶婶的事情说给她听，并给她念了妈妈写来的信。看得出来，咪咪舅妈也很震惊，当爸爸说到夏洛特婶婶想带着孩子们跳海的时候，她开始发出一声声的叹息。

"噢，费尔南，好了，好了……我感觉晚上我都会睡不着觉！自从我可怜的亨利过世之后，一直是这样，我就听不得伤心的事，听了只会让我不知道该怎么办才好。我见得太多，见得太多了，我自己也经历过！"

于是她把亨利舅舅整个得病的过程讲给爸爸听。我只听见爸爸轻声地重复着："是啊……是啊……是啊……"他听着听着就走神了，这时我正好经过，去厨房洗杯子，他向我投来如此哀怨的眼光，让我差点笑出声来。

"哦，"咪咪舅妈突然发问，"费尔南，你觉得怎么样？"

"我？"爸爸像一下子惊醒，"嗯……没什么……或者说……还不错！"

咪咪舅妈噌地站起身来。

"很好，那个家伙叫我是'多嘴多舌的傻大姐'，你竟然认为这些是好听的话！"

爸爸结结巴巴地说不出话来，他想说的是"不好"，不是"很好"，可说着说着，他开始不断地打哈欠，一个，两个……

"我知道，"咪咪舅妈看着他说，"你想睡觉了，这很简单嘛！况且，我也困了……顺便问一下，我睡哪里？"

床！天哪，没有人想到她睡哪里的问题，大家都没有想到！爸爸感到很抱歉。

"咪咪，实在抱歉，原谅孩子们，原谅我，不过这都是因为之前我们做了一次彻底的大扫除！"

"为什么要做彻底的大扫除？是为了迎接我吗？"

"不是，不是的，是……是我们的习惯，星期五大扫除。没错，碰巧罢了……唉……反正三言两语说不清的！"

"我全明白了，"咪咪舅妈高兴地说，"你们不用麻烦的，一会儿我们就弄好了。"

她做了妥善的安排：我和艾丝特，我们和往常一样，睡自己的房间，罗盖和爸爸睡，咪咪舅妈睡罗盖的床。

"不，"爸爸说，"还是你睡我们的房间吧，米内特要是知道你睡在罗盖的小床上，肯定会发脾气的。"

　　可爸爸越是坚持，咪咪舅妈就越是把头摇得厉害，一点也不肯让步的样子，最后大家只能听从咪咪舅妈的安排。我们只是简单换了一下长沙发上的毯子，之前的一条有个小洞，现在这条非常好，咪咪舅妈把有洞的那条折好放在一头，准备明天缝补好。罗盖高兴极了，我们在自己的房间都能听到他和爸爸轻轻打趣的声音。在这次的安排中，他是最走运的一个！

　　不过咪咪舅妈真是个大好人，自己挑了最不舒服的地方睡！

# 3 月 30 日　星期二

　　这几天，我都没有时间写日记，因为我必须赶上学校里落下的课。而且，我还要尽可能地帮助咪咪舅妈。在一个家里，如果你想把这个家弄得干干净净的话，要做的家务活简直多得可怕。我们一直忙个不停，咪咪舅妈也从早累到晚，打蜡、擦亮、清洗，一路小跑，一分钟也没有坐下歇过，除了吃饭时间。

　　"唉，你们舅妈的脚步声真响！"住在我们楼下的诺艾米小姐对我说，显然她有点不高兴。

　　可我们家里，所有的东西都闪闪发亮，所有的东西都干干净净，煤气的管子也换上了新的，壁橱里垫上了干净的纸，壁炉又上了一层清漆，散发出漆的味道，一切都井井有条，那些勺子，大的归大的，小的归小的，放得整整齐齐。罗盖的衣服放在衣柜的最下层，爸爸的衣服放在最上层，可因为东西和以前的位置不同了，即使找一样小东西，我们也要花好长时间。昨天，爸爸本想去碗橱里拿点糖，没想到一手伸进了醋栗果酱的罐子里。不过他什么都没有说，我想他可能不敢吭声吧。咪咪舅妈对爸爸也是体贴入微。爸爸一下班，她就把扶手椅推到他跟前；还没等爸爸打开当天的报纸，咪咪舅妈就开始跟他说话，"逗他开心"。

"是的，是的，"爸爸说，"当然……"

当他想读个标题的时候，咪咪舅妈又拉着他的手说："费尔南，你怎么都不说话呢！你是不是累了，还是头疼？"

"不是的，咪咪。"

"在作坊里工作得不顺心吗？"

…………

"哦，一定还是因为你弟弟过世的事情。你不能总是这样，我的朋友，你得理智些。我们大家最后都是一死，再说，他死的时候也很安详，没有痛苦，所有的烦恼都留给了活着的人，我是付出了惨痛的代价之后才明白这个道理的！听我说，要是你想吃点补药……就试试这种白色糖衣片吧。"

爸爸确信自己身体很好，什么补药都不需要，可到了晚上，他却发现面前摆了一瓶白色糖衣片。咪咪舅妈实在太热心，太热心了，把我们一个个照顾得好好的。而且，每顿午饭，她都自己掏钱为我们每人加一道菜，一次是沙丁鱼，一次是萝卜丝，然后又是沙丁鱼。不过，过一段时间之后，我们就开始有点厌倦了，特别是罗盖，他本来就不爱吃沙丁鱼。他不想吃，可咪咪舅妈非要给他吃，说沙丁鱼是非常有营养的。我们都被塞得饱饱的，饱得该吃甜点的时候，便什么都吃不下了。还有，我们每天的午饭时间非常准时，必定是12点15分，对于这点，咪咪舅妈非常严格。

"如果你们有人迟到的话，只能自认倒霉，我们不会等他一个人的。"上个星期六她对我们说。

爸爸转向我们说：

"你们都听见了，孩子们，一定要准时！你们舅妈要忙的事情已经够多的了，你们千万不要再给她添麻烦。"

"好的，好的，爸爸，我们一定会听话！"

第二天，12点15分，我们三个都准时端坐在餐桌前，脖子上围着餐巾。咪咪舅妈端着沙丁鱼出来……

"太好了……可……你们的爸爸呢？费尔南，嘿，费尔南！"

没有回应。我们大声叫，到处找爸爸。

"哦，"艾丝特说，"他可能下楼买报纸去了，他经常这样，妈妈在的时候也这样。"

咪咪舅妈微微摇摇头，我们开始吃沙丁鱼。爸爸一直到我们吃完牛排才回来，脸上挂着安宁的微笑，手里拿着报纸。

"你们已经开始吃午饭啦？"

说完，他立刻意识到昨天说好的时间，顿时脸涨得通红。

"听着，"咪咪舅妈说，"你最好快点吃沙丁鱼，不然牛排也都放凉了！"

爸爸很尴尬地坐下了。吃完甜点，他把我拉到一边：

"阿丽娜，你最乖了，明天记得提醒我，这个要命的午饭时间，12点15分！"

我照着他的话做，从此，他就准时出现在餐桌前。不过，这样对做菜的人确实方便不少……可……我还是喜欢以前那样，听到爸爸说：

"米内特，贻贝准备好了吗？你看，现在都快1点了。"

妈妈回答说：

"啊！费尔南，一定是你的表快了！"

或者是，火炉不通风，妈妈万分懊恼的那天，还有因为艾丝特的花瓶，我们挨耳光的那个早晨。说到那个花瓶，又引出一场好戏呢！

星期六晚上，艾丝特放学回来，发现她的花瓶放在餐厅的壁炉台上。她放下书包，赶紧跑过去把花瓶重新放到梳洗台上，嘴里还不断地咕哝着。可吃完饭，我们从厨房出来的时候，那个花瓶又被放回了壁炉台上……

"这个，"艾丝特叫道，"太过分了！"

她正准备拿起那个花瓶，咪咪舅妈从爸爸的房间出来，手里还拿着正在织的毛线。

"我的小姑娘，"她用一贯平和的语气说，"听话，把花瓶放在该放的地方，你这样做我会很高兴的。"

"该放的地方？"艾丝特反驳道，"可我也正是要把它放在它该放的地方。它该放的地方就是梳洗台上，况且花瓶是我的，是我赢回来的，你可以问阿丽娜啊！"

"当然是你赢回来的……"我说。

咪咪舅妈打断了我：

"好的，即使这样，也从来没见人家把一个好好的花瓶放在洗手盆旁边。我请你听我的话。"

"妈妈允许我这样做的！"

"艾丝特，你难道不能理解我的意思吗？"

艾丝特抱着花瓶，冲进我们的房间；咪咪舅妈跑上去追她，紧紧地握着花瓶，艾丝特也不肯松手，眼泪在眼眶里打转，气急败坏的样子。一个扯，一个摇……砰……漂亮的花瓶掉在地上，伴随着一个清脆的玻璃打破的声音，花瓶变成了碎片。

"啊！"艾丝特大叫一声，把自己关进房间，我们只听见她在里面哭个不停。

咪咪舅妈什么都没说，只是小心翼翼地打扫着花瓶的碎片，之后，她就下楼散步了。晚上，大家坐在餐桌边。猜猜艾丝特的盘子旁边放着什么。是一个水晶花瓶，金色镶边，太漂亮了……她有点惊讶，沉默了一会儿之后，她轻轻地喃喃道："谢谢！"

咪咪舅妈点点头："没什么，我的小姑娘，你看，一切问题都是可以解决的……那你愿不愿意把花瓶放在壁炉台上呢？"

又是一阵沉默。艾丝特看着咪咪舅妈，咪咪舅妈也看着艾丝特，她们两人都一样的冷淡，一样的固执。突然，艾丝特狠狠地耸了一下肩膀，把新花瓶放到了壁炉台上，再也没有说一句话。整顿晚餐，艾丝特也一直沉默不语。直到晚上，我们回到自己的房间，躺在床上时，她在我面前，重复了不下20遍，她恨死咪咪舅妈了，她太想太想马上患上"脚气病"（她在生物课上学到的一种病）。和我在一起的时候，她是那样的温柔，睡觉之前还亲吻了我。可能是因为她想妈妈了吧，她需要我好好爱她，不过我也很乐意这样做。

而咪咪舅妈，她看艾丝特的时候总是带着一种浅浅的微笑，无论发生什么事，这种浅浅的微笑，她始终挂在脸上，而也因为这种微笑，我们从来猜不透她心里到底在想些什么。她几乎没有再跟艾丝特说过话。

## 4月1日　星期四晚上

　　我有些担心罗盖。我该怎么办？该跟谁聊聊呢？

　　事情是这样的。首先必须得说，咪咪舅妈现在认识了这栋楼里的每个人。她最喜欢的是不幸太太，她在门房里待了很长很长时间，给了不幸太太很多建议，教她怎样打扫楼梯、怎么做沙拉酱；而最令她受不了的是波迪奥一家，她认为这一家子人闹哄哄的，又市侩。

"是因为他们的收音机，你才这么说的吗？"爸爸午饭过后问她，罗盖这时正好下楼去买洗涤剂了，"可他们又没有影响到我们什么。而且波迪奥太太……我一定得说，她可能感情有点太丰富了，不过，她可真是个好人啊。"

"还有维奥兰特！"我激动地补充说。

咪咪舅妈点点头。

"费尔南，你可能说得没错，很有道理，可你得知道，整栋楼里，就只听到他们家的声音，还有他们家那个阿尔蒙，简直就是个缺乏管教的小混混，不幸太太把他调皮捣蛋的事都告诉我了。"

"她说得对，我也是这么想的！"艾丝特大声说。

我在桌子底下狠狠地踩了她一脚，让她住嘴。真是个小骗子，平时，她总是认为阿尔蒙比维奥兰特更逗人开心！可现在，她似乎在体验贵妇的经历，似乎背地里说自己朋友的坏话是一件多么了不起的事！爸爸也让她闭嘴。

"你，赶快吃完你的苹果，没人问你的意见。"

艾丝特露出一种痛苦的表情，偷偷地瞟了我一眼。爸爸转向咪咪舅妈。

"咪咪，不幸太太有时候说出来的话不太好听，她的话你不能全信的。阿尔蒙那个小孩，其实是有很多优点的，比如聪明啦，慷慨啦……"

正在这时，传来一阵喊叫声，爸爸跑过去开门，不幸太太愤怒地站在门口，后面的发髻都散了，维奥兰特站在她身后，脸上的表情很奇怪。

"你们看看，大家都来看看，咪咪太太，你看，阿尔蒙这个小混蛋把我弄成这样！"

我们匆匆忙忙地跑到楼梯平台上，看到整面墙上用蓝色铅笔画满了各种各样的小人：有高的，瘦的，一个矮胖的正在翻筋斗，另一个挥舞着一面大旗，他们在楼梯台阶上，由高到低，跳着法兰多拉舞。

咪咪舅妈冷冷地说："好了，费尔南，对你刚才说的那些优点，你还有什么可说的？"

"哦，"爸爸答道，显然有点尴尬，"这个小家伙……他跑哪儿去了？"

不幸太太指了指维奥兰特。

"哦，那就问她喽，问这个傻姑娘，她一直说自己不知道是怎么一回事。"

"我确实不知道，"维奥兰特嘟哝着，"爸爸和妈妈去修收音机了，阿尔蒙，阿尔蒙，我都没有看见他！"

她一边啜泣着，一边用眼角看了我一眼，偷偷地用小手指指了指储藏室，那里是平时放扫帚的地方。

猜猜我在那里看到了什么。一只木底皮面套鞋，露出了一小块。"是阿尔蒙……"我碰了碰艾丝特的胳膊。

"是的……是的……"她小声说，"真应该把他揪出来！"

一个喷嚏声暂时打断了这一切。谁打的喷嚏？肯定不是我们当中的一个！咪咪舅妈把眼光转向了储藏室。

"我觉得声音好像是从那里传出来的……"

"肯定不是我的扫帚！"不幸太太大喊，"噢，天哪……天哪！"

她冲过去，几乎同时又折回来，拽着阿尔蒙的手臂，阿尔蒙两腿不断地乱晃，身上满是灰尘和细枯枝，而他身后，传来一阵巨响，是扫帚倒下来的声音。

"等一下，小调皮，捣蛋鬼，顽童！"

说出来的每一词，她似乎都斟酌过，说出"顽童"的时候，她还扯着他的耳朵。

"啊，不幸太太，"维奥兰特用她轻柔的声音央求道，"放了他吧，放了他吧，求求你了，他再也不敢这样了！"

突然，我看到罗盖三步并作两步地爬上楼梯，手里拿着洗涤剂。

"罗盖，你知道我们在这里啊！"

"啊！"他轻声说，"我听说了，你快下楼来，阿丽娜。"

他边笑个不停，边告诉我说，刚才他看到阿尔蒙画小人的时候，他还去吓了吓阿尔蒙。

"你没告诉他吗？"

"我跟他说了，我说：'你画的小人太滑稽了。'而且我也用我黑色的铅笔在上面画了一个呢，很漂亮的！你想看看吗？是加布里埃尔，他生气的样子。"

"不想，"我严肃地说，"我什么都不想看，你马上去把画的小人擦掉，听到了没有？罗盖，你干了件坏事，你不觉得难为情吗？要是让妈妈知道了，她会怎么样？"

"可阿尔蒙也干了呀！"

"阿尔蒙做错了。因为画那些画，他也得到了一个很大的教训！你也想像他那样吗？"

听了我的话，他止住了笑，央求我不要把这件事告诉别人，并向我保证以后再也不干这样的坏事了……他不停地亲我。

"嘿，阿丽娜，你在哪里呢？"爸爸喊我。

我拖着罗盖，不料被人拉住了。原来是波迪奥太太，她因为上楼梯太急，脸通红通红的。看到不幸太太正在使劲地摇着阿尔蒙，她停下了脚步，异常生气：

"说，你放不放开我儿子？"

"放开他？"不幸太太尖声叫道，"我当然不会轻易放了他，这个小捣蛋！你看看他都干了些什么，这里……还有那里……这面墙我刚刚用绿色油漆漆过的。"

可波迪奥太太甚至不屑看一眼。

"可也不能因为这样，你就随随便便碰我的儿子，你还讲不讲礼貌？"

她把阿尔蒙朝自己身边拉，可不幸太太死死地拽着阿尔蒙。维奥兰特喊着，央求着。爸爸耸耸肩，觉得闹得有点过分。咪咪舅妈还是带着微笑重复着："真有意思！"艾丝特面无表情地看着这场好戏，而罗盖兴奋地做鬼脸，还时不时地转向我，看看我，好像我是他的同谋一样。至于阿尔蒙，这场事件的主角，则像一袋苹果那样随意地被人晃来晃去，他只顾着用手挡着自己的脸，以免挨耳光。

最后，当不幸太太不小心踩到一把扫帚差点跌倒的时候，波迪奥太太趁机把阿尔蒙拉过来。阿尔蒙见势赶紧溜到妈妈身后，也不敢再说什么。大家都一言不发，只听到一声声急促的喘气声。

波迪奥太太掏出手帕，擦了擦满脸的汗水。

"说吧，到底是怎么一回事？"

"是怎么一回事？"不幸太太咕哝道，看来她也没力气再重复一遍，她指了指那面墙。

"啊！"波迪奥太太惊叫起来，"是那小子干的？这个捣蛋鬼！"

她态度立转，掉头把阿尔蒙拉到跟前，狠狠地给了他一耳光，一下连着一下，估计阿尔蒙从来没有挨过这么多下耳光。他哭着喊着，可波迪奥太太就是不停手。不过话说回来，这也是他自作自受。

这下，不幸太太满意了。我们大家帮助她一起清洗墙面，用抹布，用刷子。不过，自此之后，爸爸再也没有提过波迪奥一家，甚至咪咪舅妈告诫我们不许跟阿尔蒙玩的时候，爸爸也没有反对。

"不过，"罗盖偷偷跟我说，"要是我碰到他，我还是不会扭头就走的。阿尔蒙他人很好，他给我糖吃，而且你也看到了，他画的那些小人其实画得很好看！"

我责备他，我给他讲道理，可他对我的话总是一只耳朵进，一只耳朵出，还没等我说完，就上来亲我，让我说不下去。

我该找谁聊聊罗盖的事呢？

爸爸已经很头疼了，我不敢再去增加他的烦恼，妈妈又不在家，而咪咪舅妈……而且，我也压根儿不想把这件事告诉咪咪舅妈。反正……罗盖也答应我，再也不跟阿尔蒙一起玩，也不像以前那么崇拜他了。

可我还是一肚子的烦心事。罗盖画加布里埃尔这件事，我该不该告诉爸爸呢？到底怎么做才好呢？真是一种奇怪的感觉，虽然身边的人都很爱你，却觉得自己是如此孤单。

## 4月2日　星期五

没事，没什么特别的。

## 4月3日　星期六

昨天放学的时候，艾丝特在校门口等我，脸色很不好看。

"我地理才拿了第七名！"

"那又怎么样？"我说，"我要是拿了第七名，肯定会很高兴的！"

可是这样的话一点都不能使她得到安慰。午饭的时候，她几乎什么都没吃，因为她太伤心了。

"这个小丫头实在是太麻烦了，"咪咪舅妈说，"怎么会有人就为了个名次，把自己变成这样，况且本来也不差嘛。"

"不过，"爸爸抚摸着艾丝特的头说，"因为往常，她在班里的考试都是排第一的。"

"啊！是啊，经常是第一。"我说。

我们一一列数了艾丝特的辉煌成绩。咪咪舅妈一边饶有兴致地听我们讲述，一边给我们剥橙子。

等她剥完橙子，她问：

"那另外两个呢？阿丽娜……她的学习成绩也这么棒吗？"

爸爸迟疑了一下。

"她不是那么好。"

他看着我，充满了爱意。我也完全不想隐瞒什么，我告诉了咪咪舅妈我在班上的名次，还有我怎么会在算术测验中落到了第三十三名。

"我……"罗盖说，"我和阿丽娜也差不多，特别是算术不太好。啊！每次我以为我能算对，可结果每次都算错。那天，老师……"

"好了，好了，"咪咪舅妈说，"总之，是艾丝特为杜拜一家争了光！"

"没错，没错，"我和罗盖异口同声地说，虽然说，艾丝特为杜拜一家争光这样的话实在让我觉得好笑！

可怜的艾丝特终于不再抽泣了，她擤了擤鼻子，用伤心的语气说：

"我想我还是吃点奶酪吧……"

自此之后，她对咪咪舅妈的态度好了些，不过也没有好得怎么样，就是好了一点点，因为之前花瓶的事，她还在生气。

"不管怎么样，要是你姐姐不是那么木头脑袋的话，一定会更加惹人喜欢的！"我在削胡萝卜皮的时候，咪咪舅妈对我说。

不过我还是觉得不应该把舅妈的话告诉艾丝特，像是"木头脑袋"那种话。

晚上，我们吃我削的胡萝卜，罗盖用叉子把胡萝卜捣个稀巴烂。咪咪舅妈拍了一下他的小脸：

"罗盖，罗盖，你这样的行为不好，赶快把这些拨到盘子的一角去。"

"可我的盘子没有角啊！"罗盖嬉皮笑脸地反驳道。

我们大家都忍不住笑起来。

"哦，哦，"咪咪舅妈说，"你的算术一定不好，我的小伙子，可是你学过几何的呀！"

我相信罗盖肯定从来没有听说过几何这个词，可他以为咪咪舅妈在夸他，兴奋地一把抱住舅妈的脖子。

"看着吧，"她很感动地说，"像你这么聪明的孩子，怎么可能考不到好分数呢！明天你有没有算术课？"

"啊！有啊，明天考乘法口诀表。"

"好，听我说，如果你能拿到满分，我就好好奖励你一下。"

罗盖跳起来，差点撞翻了坐着的椅子。

"谢谢，谢谢，我的好舅妈，你看着吧，我一定拿个满分回来！"

他不等吃甜点，便开始专心钻研起来。而我，有点头疼，就很早睡下了。他突然来到我床边，缩成一团：

"阿丽娜，你能帮我背吗？"

他都背下来了，没有一处错误。他开心得脸上泛起了红晕。

"你觉得我会得到什么样的奖励呢，嗯？会不会是一辆红色的小火车，就像加布里埃尔的那辆那样，带车厢和隧道的？我一定带去给小朋友们看，不过，只有得到我的同意，他们才能玩！啊！阿丽娜，我要不要赶紧去收拾我的玩具箱，好腾出块地方，放下小火车啊！"

我笑起来，可他早已走出了房间。我从打开的房门看到他从碗橱底下取出他的玩具箱，一边整理，一边拼命地揉眼睛，显然他已经困了。

可怜的罗盖！中午，他到家，唱啊，跳啊，喊啊：

"我拿到满分了！我拿到满分了！"

"太好了。"咪咪舅妈对他说，"我早就料到你会拿满分的，给你的奖励我已经买好了。"

她送给他一个很漂亮的盒子，上面打着黄色的蝴蝶结……只是，用来装一辆小火车的话还是有点小。

"有可能是一盒颜料，"罗盖悄悄对我说，"或者是巧克力！"

他迫不及待地想知道是什么礼物，却怎么也解不开带子，我帮他拆了包装纸……原来是一本灰色封面的书——《无敌算术》，封面上还画着一个小学生，正面对一块写满了数字的黑板大哭。里面是无数道算术题。

罗盖捧着书，目不转睛地看着它，低着头。

"别这样，"爸爸说，"别垂头丧气的！怎么啦，是不是哑巴了？你就是用这种态度回报舅妈的吗？"

"哦，"罗盖回答说，狠狠地用鼻子吸了一口气，"不是，当然不是……我不敢！"

一阵沉默。我们都不敢看对方。

"好了，好了，"终于咪咪舅妈发话了，"没事，这样就很好！"

说完，她走进了厨房。

接着，爸爸责备罗盖，说他这样回答咪咪舅妈，应该觉得难为情。罗盖忍不住哭起来。

"可我没有回答'这样'，我说的是我不敢！"

真是拿他没办法，他的回答总是牛头不对马嘴。我让他去抱抱咪咪舅妈，但咪咪舅妈只是对他淡淡地笑了一下。我看他这么听话，就把他抱到自己的腿上。

"阿丽娜，"他低声对我说，"给我讲个故事吧……三只熊的故事，对，就是这个，好吗？"

"可是我前天已经给你讲过了，我讲得都有点烦了！"

"好吧，那我给你讲吧！"

他开始柔声地讲故事。艾丝特坐到我们身边，拿着明天要交的画，她想让我帮她出出主意。我们感觉三个人很团结，我告诉自己说，即使以后长大了，我也会永远记住今天的这一刻。

**4月6日　星期二**

昨天早晨，咪咪舅妈把窗子修好了，再也不会有那种怪声音了，再也不会有了。

"怎么能总是这个样子呢！"她说。

今天晚上，我觉得很紧张，我和艾丝特，我们都无法入睡，因为这样的安静让我们不习惯。我们警觉着，竖起了耳朵……那种怪声音从我们小时候便一直伴随我们，甚至已经融入我们的梦乡。有时候，我会突然醒来："我好像听到……"不过不是，一点声响都没有。太过分了，咪咪舅妈有什么权利让这种声音消失，她有什么权利？她不是我们家里的一员，她必须明白这一点，我不想让她对我们家有任何改变。

还不仅仅是我们房间的窗户，摆钟也开始走了，那个一直停在6点差10分的摆钟现在准时了，整点还会敲响呢！可当我吃饭的时候，看着不断转动的秒针，总觉得昏昏欲睡，罗盖也和我一样，用一种仇视的目光看着这个摆钟。

"要不要我去把钟弄停下来，嗯，阿丽娜？"

我说不要。所有的这些修理费，咪咪舅妈都是自己掏腰包的，而且价格也不便宜。其实，我们真应该好好谢谢她，爸爸都不知道该说些什么好。他下班回家，刚进门，咪咪舅妈就对他说：

"再给你一个小小的惊喜！"

原来是爸爸那张旧的扶手椅，现在盖上了一层石榴红的绒毯，"一种很实用的颜色"。还有小鸡形的盐瓶，也被另一个白色的瓶子取代了。

"咪咪舅妈，旧的去哪里了？"

"哦，当时扔到垃圾桶里了！原来那个摔碎了，你让我留着做什么？"

等妈妈回来，家里的东西她一定都认不出来了，就好像，她所有在家里的东西都一点一点地被其他的东西取代了。她房间里那张她常常用来干活的小桌子，她的小刻刀、工具箱，都被咪咪舅妈搬到了餐厅；原先挂在壁炉上方的照片也都不知移到什么地方了；咪咪舅妈把我画的那幅很漂亮的暴风雨画扔掉了，因为画的一角被撕破了；她还想把门重新粉刷一次，她看不惯我们在门上留下的那些污渍！幸亏，爸爸拒绝她这么做。

"你们有这么好的舅妈真是有福气啊！"不幸太太看到扶手椅的时候对我说。说这样的话无非是吹捧咪咪舅妈，不幸太太很喜欢她。

我没接她的话，我也没什么好说的，无可否认，咪咪舅妈确实对我们很好，她刚刚还送给我们每人一份礼物，艾丝特是一条手织的围脖，罗盖是一个绿色的橡皮球，我是一条红色的珍珠项链，很好看。

唉，我抱怨了这么多……我是不是应该说点别的？好，说说学校里的事吧。

我学习，很努力地学习，可成绩还是不理想，历史5分，语法4分，地理6分，不过作文得了8分。我写的是巴黎的一条街，我描绘了大街的景象，有市场，有小花店……我很开心，因为我的作文分数是最高的，雅克琳娜·莫施比我差了一点点。要是没有拼写上的错误，我的分数还能更高些呢。多丽丝老师交还给我们作业本的时候，特地对我说，我的作文很有新意。有新意，不是很好吗？当然很好，多丽丝老师都那么说了！然后，我们可以选择自己最喜欢的一种小红花。我先举手。

"我选菊花！"

"很好，阿丽娜，不过菊花的菊，你是怎么写的，是草字头，还是竹字头？"

"我想，老师，"我说，"我还是选玫瑰吧，玫瑰我会写！"

多丽丝老师笑了，她的微笑真迷人，嘴角露出两个浅浅的酒窝。她今天披了一块新的方巾，粉色的

底带着黑色花的图案，方巾边上还垂着细细的流苏，而且，走近她时，还能闻到从她身上散发出来的一阵阵香味。西奈特·雅高第一个发现，她是在黑板上做算术题的时候闻到的。很快，班里所有的同学都知道了，于是大家纷纷找借口靠近多丽丝老师，想凑近去闻一闻。维奥兰特去向她请教问题，雅克琳娜·莫施向她请假说要出去，露露·多拜装出听错、以为叫她回答问题的样子，而我则说自己看不清黑板上的字。每个人回来的时候都会对其他人说：

"是茉莉、丁香、紫罗兰的香味……"

我们头脑里想的都是多丽丝老师身上的香味，弄得多丽丝老师一头雾水，不明白我们为什么一直心不在焉。

"很可惜，本来我还想奖励你们一下的！"最后她说。

"啊，老师，是什么？你要奖励我们什么？"

多丽丝老师奖励我们的是，从周三开始是一周的复活节假期，她想邀请我们全体去她家喝下午茶。没错，去她家，到她的房子里！我们一共30个人，分三批去，一批10个人。课间休息的时候，我们个个都高兴极了，不停地说着去老师家的事，连从来不开口说话的玛丽·高丽乃也加入了我们。

"可多丽丝老师家在哪里呢？"我们大家都觉得好奇，"住在哪条街？几层楼？"

雅克琳娜·莫施知道答案：朱弗洛街，28号，四楼，挂黄色窗帘的那家。黄色！一定很美！可为什么要挂窗帘呢？我不敢相信，多丽丝老师也需要窗帘，我不敢相信，多丽丝老师也像我们那样生活着，她也要吃饭，也喝水，也要睡觉！我简直无法想象，她穿着睡衣的样子，或者是刷牙的样子，牙刷在嘴巴里搅动甚至引起了脸部变形。我觉得她应该始终是学校里的那个样子，披着粉色的方巾，穿着浅色的衬衫，带着浅浅的微笑。放学之后，我们还想继续这样笑，可大家都已经笑得脸上的肌肉都僵硬了，卡曼·方图胖嘟嘟的脸颊都鼓起来了，像两个大红球。

当我把多丽丝老师邀请我们去她家的消息告诉艾丝特的时候，她很恼火，很恼火……

"我在她班上的时候，她怎么没想起来请我们去她家呢？"她干巴巴地说。

之后，每次我提起多丽丝老师邀请的事，她就走开了。好吧，那我就不说了！

　　玛丽·高丽乃这个人到底是怎么一回事啊！从星期六开始，她有点小变化，尽管还依然那副自闭的模样，但变得讨人喜欢些了。可今天早晨，她走进教室的时候，又低着头，大衣的扣子一直扣到最上面那颗，不脱外套就坐到了自己的座位上。多丽丝老师一直盯着她看。

　　"玛丽，你一定不知道有一间衣帽间吧？"

　　"噢，不，老师，我知道，可我……我……我怕冷！"

　　"冷，可这里的暖气很足啊！"

　　"我感冒了！"玛丽大声叫道，她可怜巴巴的声音引来了哄堂大笑。

　　多丽丝老师皱了皱眉头：

　　"不要再做蠢事了，听老师的话！"

　　玛丽不知所措地环顾了下周围，她的目光是那样哀伤，我都笑不出来了。她站起身，走向教室另一头的衣帽间，慢慢地解开大衣的扣子，脱下……猜猜我们看到了什么。她里面穿的衣服不是那件米白色的围裙，而是一件小得可怜的鲜黄色布衣，那么短，只到

她上身的一半，还有两只泡泡的袖子，围脖是红色的，露出她黑色的头发和棕色的皮肤。她站在那里，一动不动，眼睛直盯着地面。

"不知道的，还以为到了狂欢节呢！"西奈特·雅高小声对我说。

"西奈特，不许说话！"多丽丝老师对着西奈特喊，然后转向玛丽，用更加温柔的口吻说，"而你，我的小玛丽，回到你的座位上吧，我们要开始上课了。"

课间休息，我拉着维奥兰特和其他几个同学到院子的一角：

"你们看到啦？看到啦？肯定又是她那个不是亲生的妈妈干的！"

"看吧，"卡曼·方图笑得眼泪都流出来了，"她妈妈干得真绝！她看起来就像只关在高丽乃家里的金丝雀！"

我说："那你呢，你穿成这样，就像只南瓜。每个人的喜好都不同，不过我觉得金丝雀更好看呢！"

"我们也是，我们也是。"其他人一起嚷道。卡曼气得满脸通红。可玛丽到底发生了什么事呢？

"哦，"伊海娜·于耳拜说，"还不是和以前一样，玛丽点火的时候不小心烧坏了围裙，她妈妈就给她穿上了这个，这件衣服还是她很小的时候穿过的。我妈妈还说，她那个不是亲生的妈从来不会想想让她穿小时候的衣服会有多滑稽，不过，不管滑不滑稽，玛丽都必须穿。可怜的玛丽，她小时候也是和我们一样幸福的！"

我们互相注视着，心里很难受。

"不过，"维奥兰特说，"她还是可以跟我们聊聊，不应该老是偷看我们，好像要把我们吃了一样！"

"该死的，"我说，"我能理解她，这样的事她怎么说得出口。唉……我们该做些什么来帮助她呢？"

"帮助她？"露露•多拜大声喊道，"我的老朋友，千万不要！你那天不是已经看到了吗？她是怎么感谢我们的，是给我们一个一个脸色看哪！"

"那天，是因为我们自己做的事情不经过大脑，才会变成这样。"

"可那天不是你自己说的嘛！"

"好了，可我现在改变态度了，就是这样。"

我确实转变态度了！为什么呢？难道是因为我妈妈不在我身边，我现在也跟玛丽一样，就更能理解她的感受？还是因为刚才在教室里，多丽丝老师那样温柔的声音打动了我？我不知道，反正之前，我非常讨

154

厌玛丽。

可现在，我是那么喜欢她，喜欢到不能用言语来表达，喜欢到我恨不得立刻冲到她面前，把我所有好玩的、好吃的都送给她！我该怎么办？我该怎么办？我的热情已经胜过了其他任何一切，而其他人也都开始绞尽脑汁。维奥兰特提议，我们大家一起凑钱，为玛丽买一条新围裙。可这样也不好，玛丽肯定会马上意识到，我们都知道了她家里的事情，不能这样做，而且要让她接受一份礼物，还真是一件头疼的事。

"那怎么办？"西奈特·雅高说，"没有什么地方可以让她赚到这件新衣服啊。"

我一拍脑袋。

"赚到？这个主意太棒了！我们就组织一次抽奖会，没错……没错……我们给玛丽一张奖券……然后我们安排好一切，让她抽到奖！"

"好，好，抽奖会！"大家都开心地喊起来。啊，这是一件多么有趣的事情，悄悄地安排好一切，让玛丽拿到奖！不过，除了新围裙之外，她还缺什么呢？

"新围裙就够啦，"我说，"否则，玛丽一定不会相信的！小声点，别喊得这么响，会被她听到的！走，我们去院子里说！"

在院子里，大家都围着我，听我安排。

"阿丽娜，快跟我们说说到底怎么做！"

我很自豪，我甚至感觉自己像个女英雄！我们最后决定：

抽奖会的规则：

1. 我们每人出1.5法郎；

2. 参与这件事的一共是12个人，所以总共1.5法郎×12＝18法郎，用这些钱我们可以买奖券；

3. 班里一共有30位同学，所以要买30张奖券；

4. 头等奖的奖品是一条新围裙，其他的奖品有棒棒糖、球、相册等等；

5. 抽奖会安排在星期五，上午课间休息的时候。

下午，我开始收钱，可最后只收到13.5法郎，因为雅克琳娜·莫施和西奈特只能给我0.6法郎，露露·多拜只交了0.3法郎，那个胖子卡曼当然又是一分钱都没有交！所以还差4.5法郎，可我自己又没这么多。该怎么办呢？

我把这件事告诉了咪咪舅妈，她是个慷慨的人，我希望她能帮助我。可是当她听完我说这件新围裙的事之后，她变得很不高兴。

"不行，不行。"她对我说，"要是高丽乃太太惩罚那个小家伙，那是因为她自己做错事。我不是个多管闲事的人，你也不应该插手别人家里的事。"

罗盖给了我0.05法郎，这是他仅存的积蓄了。艾丝特不愿意给我钱，借口说她同意咪咪舅妈说的话。到底……该怎么办呢？我要不要把这件事告诉爸爸呢？

## 4月8日　星期四

爸爸把差的几法郎给了我。没错，他还亲了亲我，对我说，我是一个正直的好姑娘。至少，爸爸是能理解我做的事的！

于是我和维奥兰特下楼，去"不二价"商店买新围裙，可惜那里没有货。沿着这条街走，不远处有一个现代商场，一个橱窗里摆放着一条浅灰色的围裙，上面的图案很鲜艳，很漂亮，我们都很中意，可是价钱贵得吓人：7.75法郎！我们只好离开。就在这时，我们看见一家布置得很精致的小店，里面的每件东西都只卖0.5法郎，有小镜子、图片、糖果、金戒指、白色或粉色的项链……大家挤来挤去，吵吵闹闹的，在里面淘着自己想要的东西。

维奥兰特喊道："我们要不要在这里把其他的奖品都买好啊？我从来没有见过这么便宜的小玩意，而且还都挺好看的！"

"好的，好的，你说得对！"

于是我们也挤进人群中，挑这挑那，要谁挑中一样，总大声喊着给对方看。啊！太有意思了！我们是那样激动，那样兴奋，一切烦恼都被抛在了脑后！店主是一位大胡子的胖先生，开始不经意地看了我们一眼，后来看我们买了那么多东西，才热情地上来招呼我们。

"两位小姐，你们一共需要多少件东西？"

"29件，先生！"

"29！我知道你们是有品位的人。看，我只告诉你们啊，我这里还有些好东西，是专门留给真正识货的人的……就像你们这样的！"

他从小仓库里取出一条银手链，镶嵌着绿色的珍珠，简直是件极品！

"天哪！"维奥兰特喊道，"我们可不可以不买围裙，送玛丽·高丽乃这个呢？这条手链，她肯定会非常喜欢的！"

不过，我说不行。要是这样，就太傻了，我们花了这么多精力和时间，为的就是送她一条新围裙。我们拿了手链，当做另一份奖品，还要了三个戒指和一条粉色的项链。啊！眼前的玩意儿真是琳琅满目，无从选择，当我们拿到第29件——一面圆镜子的时候，我们长舒了一口气！店主算了算，说：

"我的小姐们，总共是16.6法郎。"

"16.6法郎，"我说，"先生……怎么可能呢？你一定是算错了，每件0.5法郎，共29件，那应该是

14.5法郎啊！"

"你说得没错，"他捋了捋胡子，说，"这28件是0.5法郎一件，可这条手链是2.6法郎。"

维奥兰特大喊了一声，而我发火了：

"你应该早点跟我们说，这也太贵了！"

"什么，什么？"店主用嘲笑的口吻说，"你们两位小姐一定是想用0.5法郎买到一套红木家具吧？快点，快点把钱给我，我还要招呼其他客人呢！"

我本来想反驳的，至少把那条手链退还给他，可胆小怕事的维奥兰特拉着我的胳膊，央求我不要跟他吵，我也不知道怎么啦，可能店主的那一脸胡子，让我觉得有点害怕吧。

我们付了钱，离开了……

我说："我真想把这一袋破东西扔到阴沟里去。现在我们怎么办？只剩下1.4法郎，上哪儿去买新围裙？什么，取消抽奖会？可要送给玛丽的新围裙怎么办？不可以……我知道了，我们是不是可以在大街上唱歌，把花掉的钱再赚回来？"

"唱歌？可是……在哪里呢……就在外面？"维奥兰特结结巴巴地说，吓坏了。

"没错，就在外面，以前我们在大街上看到很多人都那样嘛，好像还挺赚钱的呢！"

"可我不敢，从来没……从来……"

"放松点！你怎么那么傻，我怎么会带你一起出来！现在搞成这样，都怪你。要是你不说去那家全场0.5法郎的店，我们就不会进去买这么多破东西，就不会没了那16.6法郎！"

我狠狠地打了一下买来的那包东西。我愤怒极了，越说就越想发泄，再加上维奥兰特在一边烦我，她难过地望着我，无论我怎么对她，她从来不埋怨我，到最后，我都有点受不了她！

我喊啊，喊啊，突然有只手放在了我的肩膀上。

"好了，好了，真是个疯姑娘！"

原来是多丽丝老师，她看着我，露出惊讶的表情，有点凝重。

"怎么回事，阿丽娜？"

"我……我……"

话卡在我的喉咙口，怎么也说不出来，被她看到我这个样子，我真想就这么死掉算了。以前我做梦都想碰到她，希望有一天和她在某个地方巧遇，只为了听到她对我说一声："你好，我的小阿丽娜！"可现在，竟然这样被她撞见……

"老师，"我吞吞吐吐地说，"因为那个店主！"

我流着眼泪，把事情的来龙去脉都告诉她：抽奖会，全场0.5法郎的小店，手链，还有漂亮的围裙。

"我想在街上卖唱，赚钱买围裙，可维奥兰特她不愿意！"

"我理解她！"老师大声说，她用温柔的眼神望着维奥兰特。维奥兰特羞涩地小声说：

"阿丽娜，你知道，你那样做只是为了让大家看笑话！"

"不，不是的，不是为了让大家看笑话！"我说。

"你就是，阿丽娜！"

"不，不，不是这样，不是！"我不顾一切地喊着。

多丽丝老师摇了摇我的手臂：

"来，别难为情！不要再做这样的傻事了，嗯！这件事情我会处理好的！"

说着，她把拿在手里的一个白色纸盒子放进维奥兰特的怀里。

"这是什么，老师？"

"你们猜猜！"

维奥兰特打开盖子，是围裙，就是那条鲜艳、漂亮的围裙！

"啊！老师，原来你早就知道啊？"

"嗯，是这样的……现在，赶紧回家去吧。明天见，阿丽娜，明天见，我的小维奥兰特！"

我注意到了多丽丝老师在称呼我们两个人时的小小不同，不过我是那样兴奋，根本没有时间为这点小事而难过。明天，明天，我一定要得个满分，让多丽丝老师也喊我一回"我的小阿丽娜"，以后的日子，我都要得满分，即使不睡觉，整晚上都学习！

　　我亲吻了维奥兰特至少不下20下，她都喘不过气来了。我对她说，她是好样的，她没有一丁点儿错，我还是那么喜欢她。我们手挽着手一起回家。维奥兰特自言自语着，多丽丝老师怎么会猜到抽奖会的事，而我，我想起她对玛丽说话时那种温柔的口气，完全相信她会买条新围裙送给她。我从来，从来没有见过像她这么好的人！

　　整个下午，我们都在包装奖品。我把所有的奖品都编上号，从1到30，维奥兰特在奖券上也写着相应的数字，然后折起来。我们小心翼翼地将19号的奖券放在一边，奖品是围裙的19号奖券。阿尔蒙正在外面踢足球，我们很安静，罗盖也跑过来帮忙，是罗盖，不是艾丝特，她只顾着跟咪咪舅妈学编织。

　　啊！真想明天快点到来。

**4月9日　星期五**

　　快点，我来说说今天发生的一切，太好了，简直太完美了，甚至可以称得上是一次巨大的成功！到课间休息的时候，维奥兰特向不知情的同学宣布了抽奖会的事，然后开始分发奖券，大家像疯了一样冲向维奥兰特，争先恐后地拿奖券。露露·多拜激动得不敢看自己拿到的奖券。

　　"我看你还是回幼儿园吧！"西奈特·雅高对着她喊。

　　大家都嬉笑着，只有玛丽·高丽乃在远处看着我们，郁郁寡欢的样子，一边还扯着自己的黄色小衣服。我朝她跑过去。

　　"来啊，玛丽，你也要抽一个号码的……给，这个是你的，19号！"

　　"我也有吗？"她问道，迟疑了一下之后，她收下了奖券，脸上露出淡淡的微笑。

　　"记住了啊！"疯疯癫癫的西奈特对她说，"是19号，19……"

　　玛丽怀疑地转过头去。

　　"为什么要让我好好记住？"

"没什么，没什么，你一会儿就知道，好漂亮……"

我用手捂住西奈特的嘴巴。

"别听她瞎说，玛丽，她这个没脑子的家伙！"

玛丽·高丽乃收起脸上的微笑，走远了，气冲冲地将奖券塞进口袋。

"哦，"我对西奈特说，"你是怎么回事，她肯定以为我们耍她呢！我们快点去开奖吧！"

我已经准备好了装奖券的大盒子，所有的同学都围在我们身边，还有其他班的同学也跑来看热闹！我随便抽了一张：

"27号！"

"是我！"雅克琳娜·莫施欢呼。

是一面小镜子，她开心地高呼。

"我正好想要面镜子！"

"那就好，下一个：14号！"

奖券从盒子里一张一张地抽出来：西奈特抽到了一条白色项链；维奥兰特，一枚金色的戒指；胖卡曼，一本相册；露露·多拜，那款漂亮的银手链。剩下的是一片小奖券被揉碎的声音，还有大家的欢呼声和笑声。我偷偷地看着玛丽，她一个人躲在椴树后面，焦急地看着那个抽奖的盒子一点一点地变空。

"19号！"

"19？是……我是！"她结结巴巴地说，惊讶极了，还是一动不动地站在那里，甚至不知道上来拿奖。

我递给她一个盒子。

"打开它，打开它！"

她打开盖子。啊，我永远不会忘记那一刻她的表情！她脸上的乌云一瞬间散去，嘴唇微微颤动，甚至让人不能辨别到底是因为喜还是因为悲。盯着新围裙看了好一会儿之后，她开始伸出一只手，不好意思地抚摸着围裙，似乎想证实这一切都不是在做梦。

"你喜欢吗？"维奥兰特问她。

她刚想回答，可我们发现她不敢说话，害怕一说话眼泪也会跟着落下来。她只是点了点头。啊！在那一瞬间，我所见到的她是那样不同以往！

我激动地挽起她的手臂，这回，她没有推开我。

"嘿，"西奈特高声说，"你现在可以把它扔了，你穿在身上的这件，那么难看的黄色！是阿丽娜想出这么好的主意……"

"西奈特！"我赶紧打断她。

可已经太晚了，玛丽一下子就明白是怎么回事了。她的手停留在新围裙上，不断地抽搐着，她低下

166

了头。她会怎么做？

我们大家都看着她，不说话。正当我以为她要离开的时候，她突然微微抬起头，平静地对着我微笑了一下，好似什么事都没有发生过。

"玛丽万岁！"大家齐声喊道。

我们没有更多地询问她，只是欢欢喜喜地一起帮她把旧衣服脱下来，换上漂亮鲜艳的新围裙。

"真漂亮！"我们说。

雅克琳娜把镜子借给她，让她自己也好好欣赏一下。维奥兰特帮她扣上扣子。玛丽任由我们帮助她，严肃得有点僵硬，不过露出了幸福的微笑，她虽然想收起，不过还是在不经意间流露出来。

课间休息结束，大家不得不回到教室。这时，玛丽走在我身后，悄悄地拉了拉我的袖子：

"阿丽娜，我知道……你是故意这么做的……真的吗……是为了让我高兴吗？"

"是啊，为了让你高兴！"

"啊……"她喃喃道。

她小声地加了一句，说得很快：

"那是不是……你愿意……和我成为朋友？"

"啊，玛丽！"我说，"当然可以，我很愿意！"

我们对视了一会儿，什么都没说，然后我们手拉着手，走进了教室。

放学之后，玛丽对我说，其实她一直很想跟我聊天，跟我一起玩，想和大家和睦相处，可是她不敢，出于其他很多很多原因。所以，她只能那样，只能那样……我差点以为她是哑巴呢！

"以后，阿丽娜，历史课上我会把日期告诉你，也会借给你我的东西，还可以一起说说我们的小秘密……总之，我们是好朋友，嗯？"


她的后妈看到新围裙的时候好像就说了句：

"是学校里的人送给你的吗？这次注意点，别又弄坏了！"

然后就没事了。玛丽说，其实她的后妈也没有我们想象中那么坏，只是有点神经兮兮，可能因为她要干的活儿太多了吧，特别是还要看着调皮得出奇的奥古斯丁，奥古斯丁常常弄坏自己的短裤，还偷家里的钱。玛丽更愿意待在尼斯，那里有她的表亲布盖特一家，他们家还有一片果园。本来在玛丽妈妈过世的时候，表亲家要求抚养她的，可是被她爸爸拒绝了。不过等她长大以后，她还是会回到那里，帮助掌管果园的账目。也许就是因为这样，她的算术才学得这么好。我告诉她在布鲁斯克发生的事情，给她看妈妈寄给我的那些明信片。我们在一片松树、棕榈间边走边聊，直到艾丝特喊我回家。我很高兴，现在我满脑子想的都是玛丽，我想永远都不跟她分开！我可不可以以后跟她去尼斯呢？我可以好好学裁缝，然后在那里为太太们做连衣裙！维奥兰特……对维奥兰特只能说抱歉了，因为跟她比起来，我还是喜欢玛丽更多一点！至于艾丝特……

想到艾丝特时，我有点难受，真的，因为，中午下楼买面包的时候，我靠在楼梯扶手上，看见咪咪舅妈正在跟诺艾米小姐聊天。我隐约听到了一句话："……看起来很高贵，这么漂亮的一头金发！"而下面那句话真正地伤害到了我："相比之下，阿丽娜就平庸了很多。"

我重新上了楼，爸爸在家，他叫住我，可我装作没听见，跑进厨房，开始刮土豆皮，只有这样我才不会胡思乱想！可我的眼泪还是不由自主地落到削皮刀上。

"不要这样，太傻了！"我对自己说。

我强迫自己对着镜子：没错！这是事实，我的脸太圆，鼻子太大，头发太直，我也知道，论漂亮，我比艾丝特差很多。可是我又能怎么办？爸爸就是喜欢我这张"平庸"的脸，要是我突然从厨房里走出去，变成了王子舞会上的那个灰姑娘，戴着大大的耳环，鼻子也变小了，不知爸爸会惊讶成什么样子！不，不，这样不好，除了相貌，还有好多别的东西：妈妈信任我，罗盖和他的数学运算也离不开我，还有玛丽·高丽乃……土豆，我差点把土豆给忘了！我哭得很伤心。我终于把土豆皮都刮干净了，然后下楼去买面包。

吃饭的时候，咪咪舅妈用一种很奇怪的神情打量着艾丝特。

"你先站起来……站到那里……转个圈……慢慢地！说起来，费尔南，你这个女儿还真是漂亮，看看这个小身材，这曲线！诺艾米小姐说得真不错！"

"啊，是的，"罗盖开玩笑地说，"坐着的大面包！"

艾丝特生气地冲着他说：

"你给我住嘴！爸爸，爸爸，他老是取笑我！"

"你安静点，罗盖。"爸爸说，"不过，听我说，咪咪，我还是希望你不要夸艾丝特夸得太过分了，米内特一直是这么认为的，而且

小女儿……"

"好的，好的，"咪咪舅妈咕哝着，打断了爸爸的话，"好，以后不说了！"

可整个下午，她都在不停地打量着艾丝特，艾丝特受宠若惊，一刻不停地黏着她，对我当然就没有那么好了……

我想，多丽丝老师或者玛丽·高丽乃的看法一定不会是这样的吧？我头脑里突然冒出一个念头，我要写信给妈妈，让妈妈给玛丽·高丽乃寄张明信片来。她要是收到的话该有多高兴啊！

今天上午，吃午饭前，我重新复习了下语法，罗盖做了一个猜谜题，艾丝特帮助咪咪舅妈摆餐具（从上周五开始，她就向咪咪舅妈大献殷勤）这时，高波尼克先生来到我家，手里捧着一束黄水仙。

"你好，咪咪太太，你们好，孩子们，我应该没有迟到吧？"

没等我们回答，咪咪舅妈走上前去。

"先生，你是？"

"啊！对了，太太，对不起……我们确实从来没有见过面……我是高波尼克先生，住在底楼的房客。孩子们没有向你提起过我吗？"

"说过的，你有什么事吗？"

高波尼克先生看着她，有点尴尬：

"我有什么事？太太，对不起，是杜拜先生，你妹夫邀请我来吃午饭的。"

"邀请你？"

"是的，太太，就在刚才……可……可是，要是打扰到你的话，我感到很抱歉！"可怜的高波尼克先生结结巴巴的，真不知道这时候该说些什么。

罗盖翻了个筋斗。

"太好了,我们可以笑个够!"

"够了,罗盖,"咪咪舅妈命令他,"先生,既然你都来了,就先请坐!"

说这些话的时候,咪咪舅妈带着盛气凌人的口吻,高波尼克先生不知所措,坐也不是,站也不是,他把花束放在桌上,又塞回到帽子里。他不安地朝我看了几眼,我也没有办法,只得用微笑来回应他。不过,我还是得做点什么。

"舅妈,我来加套餐具吧?"

"你回去复习功课!我等你爸爸回来,等他回来再说。我想他快到了。"

爸爸回来，走上前，向高波尼克先生伸出双手。

"对不起，波迪奥把我缠住了……你能来我家吃饭，我真是太高兴了！咪咪，午饭都准备好了吗？有什么好吃的？"

"兔肉。"

"高波尼克，你可真有口福啊！艾丝特，加套餐具。"

艾丝特赌气似的欠了欠身，没有动。

"快点去，"我低声对她说，"你没听到爸爸的话吗？"

"听到了，可我不在乎。我喜欢吃兔肉，他吃了，我们吃什么？怎么可以不事先说一声，就跑来吃饭呢！"

她抿紧嘴唇，我也不好再说什么。

"天哪，说起来，这该有多尴尬啊！妈妈难道就没有临时邀请客人来家里吃过饭吗？这跟你有关吗？你这样对咪咪舅妈献殷勤，我的姐姐，你不知道自己现在有多滑稽，多奇怪吗？"

"哦……啊……"艾丝特被我说得哑口无言。

其实我自己也很惊讶，竟然敢对她说这样的话！

爸爸转过身来：

"怎么啦……怎么啦，你们吵架了？真可笑！艾

174

丝特，餐具呢？快去拿来！"

"都怪阿丽娜，"艾丝特嘟哝着，"她对我说……说……"

"快去！"爸爸喊道，提高了嗓门，好像快要发火了。

高波尼克先生笑起来。

"这两个可爱的小姑娘！别管她们，还是我去拿吧！"

他跑进去拿了一个盘子，罗盖跟在他后面，蹦蹦跳跳的，嘲笑他笨拙的动作。更有趣的是，因为他不知道餐具放在什么地方，他到玩具盒里去找叉子，又到衣橱里找杯子。我们对着他喊："弄错了！"他也笑个不停，最后倒在扶手椅里，躺在了他带来的那束黄水仙上！不过，这个也不要紧，因为他后来把花送给咪咪舅妈之后，舅妈转身就把花扔到了洗涤槽下面，再也没有人看到那束花。大家也忘记了花的事，只是尽情地笑！吃饭的时候，高波尼克先生教给我们一种新的游戏：每个人说6样自己最讨厌的东西。罗盖说的是：

1.酸汤；　2.刷牙；　3.跟人打招呼；　4.算术；
5.穿新西装；　6.温度计。

我说的是：

1.韭葱；　2.在众多人面前背诗；　3.历史考试；

4.比别人先睡觉；　5.膏药；　6.羊毛手套。

　　艾丝特不想跟我们一起玩游戏，她不回答。爸爸生气了，她又在一边赌气。我走过去想拥抱她，对她说，我不应该跟她生气，可她重重地推开我。我真应该管住自己的嘴巴！不过我们还是很开心。高波尼克先生完全沉浸在他的游戏中，根本没有留意他吃的东西，他差点被一根兔子骨头卡到。再接着，他又碰翻了盐瓶，再接着，他吃香蕉的时候没有剥皮。总之，一直是这么开心，我们笑得都说不出话来！咪咪舅妈用一种严肃的神情看着他，他越是兴奋，她就越板起脸。她一直没有开口说话，直到吃甜点的时候，罗盖爬到高波尼克先生身上，缠着他讲故事，咪咪舅妈才埋怨了他几句。罗盖爬下来，可没过一会儿，他又爬了上去。高波尼克先生唱了一首歌给他听，很好听，是关于一头小象想洗耳朵的故事。后来他又唱了一首，是有关我们在梦想国学的语法：

　　　　所有的词都根据梦想国来配合，

　　　　沿着写字簿上的格子跳舞，

　　　　复数和单数，

　　　　过去分词，

由两个词合成的复合词，

还有外来词！

你相不相信，梦想国的学生真是太幸运了！过了一会儿，加布里埃尔、维奥兰特和阿尔蒙来了，咪咪舅妈又不好意思赶他们出去。我们又重新玩了一次6样东西的游戏，高波尼克先生列出了他最讨厌的6样东西：

1. 给右脚的皮鞋上光；

2. 剪食指的指甲；

3. 大写的M；

4. 虚拟式的未完成过去时；

5. 早晨的闹铃；

6. 冰冻栗子。

"什么？"我们问道，"冰冻栗子？你怎么会收到这个的，高波尼克先生？

"我收到了好多包裹，是圣诞老人送给我的！"他放低了声音，"他知道，我不喜欢这些包裹，可他还是故意送给我。因为，有一个平安夜，我和圣诞老人碰到了，面对面，我想跟他开个玩笑，就扯了扯他的白胡子，叫他'我的大胡子'！他一生气，就走了，驾着他的小驴子。从那以后，他为了报复我，每年都给我送来冰冻栗子！他不是放在我的烟囱里，而

是直接从窗子里扔进来，

　　这样他都不用下驴……去年，因为这样，他还打碎了我的一块窗玻璃，最后一个包裹，也是最大的一个，扔在了我的脑门上，这里立刻鼓起了一个大包，害得我一个多星期不能戴帽子……他是个报复心很重的人，圣诞老人！嘿，罗盖，你难道不这么认为吗？"

　　罗盖好长时间都没有说一句话。

　　"啊！"他终于开口了，"我在想，可怜的高波尼克先生，你不会是因为这个原因才搬到这里的吧？为了让圣诞老人明年找不到你，再也不会害得你脑袋鼓包？"

　　"一点不错，"高波尼克先生高呼，"真是什么都瞒不过你呀，我的小伙子！我说，你们是不是该去上学啦，不然要迟到了？"

　　其实离上课时间还早着呢，我们下楼，笑得像疯了一样。天天快快乐乐的，真好！可爸爸看起来好像并不开心，我知道，他在生咪咪舅妈的气，怪她没有好好招待高波尼克先生。

## 4 月 13 日　星期二

我法语得了10分，历史8分，绘画得了第三名：这个学期的成绩还不错。而且，星期四，也就是后天，我们要去多丽丝老师家里喝下午茶，我被安排在了第一批！我高兴得跳起舞来！

回到家，胖加布里埃尔因为下楼梯的时候两级连跳，扭伤了脚。阿尔蒙可以七级连跳，我可以五级连跳。

"噗，"加布里埃尔说，"这又不是很难！"

"好了，好了，那你试试，大块头！"

他爬到第七级楼梯，加速，又缩回去，下到第六级……就这样一直下到第二级。这时他才敢弯下身，曲起腿。砰！我们把他扶起来，他痛得呻吟着，他得一瘸一拐的，要10天才能复原。只有波迪奥太太为他按摩，伯吕施奶奶不会。加布里埃尔哭个不停，阿尔蒙为他买了一本小书，罗盖送了他一本《米奇画册》，尽管开始咪咪舅妈不同意，因为她认为，借别人东西是"不卫生的"。

"可加布里埃尔不是不讲卫生的啊！"

"你知道什么？他那么胖，是虚胖……"

我示意罗盖别理她，然后我一声不吭地把画册送到楼下。我常常这样做，只要我觉得咪咪舅妈没有道理的时候，我就偷偷地采取行动。

就像对玛丽·高丽乃的那件事也一样。今天早晨，我问玛丽星期四她会穿哪条裙子。

"就今天穿的这条吧。"她回答说。

是一条灰色的裙子，看起来不鲜艳，而且领口上还打过补丁。

"听我说，"我向她提议，"我有一条红色的项链，你想戴的话，我就借给你，这样可以让颜色变得亮一点？"

她开始不愿意，不过后来同意了，我下午把项链带到学校里给她。太完美了，前面的珍珠正好盖住了补丁。不过，这件事，我不敢告诉咪咪舅妈，生怕惹她不高兴，可我知道，要是今天妈妈在家的话，肯定会赞成我这样做的！

而我，我会穿上我的浅绿色裙子，就是波迪奥太太庆典那天穿的连衣裙，还镶了新的花边呢。还有，我不能忘记：

洗头；

剪指甲；

好好洗一下耳朵。

啊！到那天，我该有多漂亮啊！艾丝特没收到这样的邀请，可真是遗憾，不过咪咪舅妈为了安慰她，答应带她去逛商场。

## 4月15日　星期四早晨

我过了非常快乐的一天，当然，也有一点小小的摩擦，不过总的来说，还是很美好的一天。

首先，星期三晚上，我把头发洗干净，特意上了发蜡，让头发变得更有光泽，这时咪咪舅妈走进来，拿着一把梳子：

"别动，阿丽娜，我给你夹几个卷发夹子。"

"卷发夹子？啊……干吗呀？"

"可以让头发卷起来呀！我知道，你的头发太直了，不过还是可以试一试的。"

可我不想别人拿我的头发做实验。是妈妈为我选择了这样的发型，一款很简单很清爽的发型，"就像阿丽娜本人一样"，她这样说过。妈妈选择的，不允许其他人改变。我害怕那些卷发夹子！我一次次地向咪咪舅妈重复，她耐心地听我说，等我停下来。

"好了，"她还是用一贯平静的口吻对我说，"现在，头不要动，我晚饭之前正好有时间。"

唉，我真想马上把梳子扔出去，然后跑到波迪奥家里！我都已经站起身了……不过我想到爸爸，他每天回到家，就想看到我的笑脸，这样他心里也会开心……我又重新坐下来，不过是强忍着，我感觉我的脸上都快充血了。

咪咪舅妈帮我弄了很长时间！我双手紧紧地抓着椅子的扶手，否则真怕我自己受不了，会逃跑。我能清晰地感觉到，而不是看到，她在我身边忙活，刷啊，梳啊，把一绺绺的头发用卷发夹子夹起，然后咔的一声固定住。卷到第六绺头发的时候，爸爸和罗盖回来了，咪咪舅妈嘴里叼着一个卷发夹子，一边还向爸爸解释自己在做什么。

"咪咪，你真是太热心了。"爸爸说。

我真想哭，更糟糕的是，当咪咪舅妈大功告成后，我抬起头，艾丝特和罗盖笑得前俯后仰，前仰后合……

"别听他们瞎说，明天你一定会漂漂亮亮的。"咪咪舅妈边说，边为我们端上了汤。

无论如何，也许她说得也有道理。整晚，我也只能这么安慰自己，否则我肯定受不了头上这么多的夹子，磕得我脑袋疼。第二天终于到了，我梳好头，在镜子里看到我这张圆脸，上面还有一团卷卷的东西，

183

让这张脸显得更大了……我太丑了，太丑了……

"你想怎么样？"咪咪舅妈叹着气说，"像你这样的大脸确实没有什么好的发型，从昨天开始它好像显得更大了……好了，快去换衣服吧！"

我没接她的话，回到自己的房间，我甚至不敢大声地哭，生怕哭红了眼睛。艾丝特边穿大衣边哼着歌，她瞟了我一眼。她只想着自己去逛街……我换上了那条漂亮的连衣裙，可之前所有的兴奋都不见了，这时，我宁愿一个人待在家里。帽子刚刚可以遮住头上那一团可怕的东西，我只有戴着帽子出门了。我心里很难过，原本还期待着能过一个美好的下午的。维奥兰特在走廊上等我，我把发生的一切都讲给她听。

"这样的话，"她大声说，"就只有一个办法，就是你不要摘下帽子，再往下戴一点……就这样……这样好了，不会有人看到的！"

"哦！维奥兰特，你真的这么想吗？"

"当然！"

我开始在街上跳舞，心情一下子好了，还是那么轻松、快乐。在老师家楼下，我们碰见玛丽·高丽乃，她戴上了我借给她的那条项链，配她的连衣裙，不过颜色还是显得有点暗淡。维奥兰特想了想，解下了自己身上的红色腰带，然后系在玛丽的头发上。

"好了，现在我们走吧！"

　　啊，楼梯真漂亮，有扶手，台阶也和其他地方的不一样，可能更高些，或者更低些，我也弄不清楚，反正就是不一样！想象一下，每天，多丽丝老师的脚就踩在这样的台阶上……到了门口，我们谁也不敢按门铃，大家你推我，我推你，躲来躲去……不巧，维奥兰特被逮到了，她用颤抖的手按了一下门铃，里面传出模糊的声音。

　　"来啦，来啦！"是多丽丝老师的喊声，她开了门，大家一起进去。

　　前厅有点暗，不过，比起那些亮堂堂的厅，我更喜欢这样光线不足的！还有伞架！客厅！蓝色的扶手椅！落地灯！壁炉里燃着一根木条，真正用木头烧的，有很多小树枝，就像在画里看到的那样。我们站在那里，看着壁炉里的火。多丽丝老师笑起来。

　　"好了，你们不把东西放下吗？"

　　她带我们参观她的房间，没错，她的房间，她睡觉的地方。我真害怕弄坏她的东西。我激动得想要摘下帽子，幸亏维奥兰特提醒我。我们很快回到客厅里。

　　"大家坐，"多丽丝老师说，她也很开心，"大家随便坐！这里，不是学校，想做什么就做什么！不过，阿丽娜，你的帽子……怎么回事？快把帽子摘下来！"

我尴尬极了。

"我……我不可以摘下来，老师！"

"为什么，你不想摘吗？不过在家里还戴帽子，很滑稽！你不能一直戴着它呀！怎么啦，你为什么要戴帽子？"

尽管她脸上挂着笑容，不过我知道，她有点不高兴。怎么办？把一切都告诉她，给她看看我的"爆炸头"？不行，我一脸绝望，结结巴巴地说：

"我不能告诉你，老师……这是……这是个秘密！"

眼泪已经在我眼眶里打转了。多丽丝老师不明白我说的话，可她看到我快要哭出来的样子，对我笑了笑，不再追问了。

其他同学也都一个接一个地到了。西奈特·雅高穿着蓝色海军服，胖子卡曼穿着一条黄底红点的连衣裙，身体显得更肥硕了。她给老师带了一盒她爸爸店里卖的巧克力，盒子上写着"方图，精致杂货铺"。我们很难为情：我们是不是也应该带点什么过来呢？不过，现在想这个问题已经太晚了，看得出来，卡曼因为只有她一个人带了礼物来而扬扬得意。巧克力大家都尝了尝，是奶油的，很腻，一点也不好吃，吃过一块之后，没有人拿第二块。我承认，这让我有点窃喜。

我们围着火，坐成一个圈。我坐在地上，背倚着多丽丝老师。我闻到了她身上的香水味。她那光滑的黑色天鹅绒短裙还拂过我的脸庞。啊，我们天南地北地聊天，聊家里，聊学校，聊假期，大家七嘴八舌的，声音越来越响，只顾着自己说，也不听别人的。可多丽丝老师似乎什么都明白，她开怀大笑，一直保持着美丽的笑容，尤其是当我们说到班里的故事的时候……其实我们不应该在多丽丝老师面前说的，那些都是我们的小秘密！可是那些故事又是那么吸引人。西奈特讲她有一次怎样把布娃娃带到学校，我讲我上课的时候常常交头接耳，维奥兰特讲她从来没有彻头彻尾地弄懂过历史课上的内容，正因为这样，她才总是第一个举手，要求背开头，其实她只会背开头。

　　"好了，好了，我算知道你们的小伎俩了！"老师开玩笑地说。

　　维奥兰特一下子拉长了脸。

　　"啊，老师，我不应该告诉你这个的！我们只是说说而已……说说而已……完了，下次，你肯定让我背结尾了！"

　　"不会的，别担心，你们今天说的所有事情都会随风飘走！而且，我可以向你们透露，我也和你们一样，我小的时候，功课也学得很费劲……我还记得，有一次，我们的老师，叫布旅美太太，给我们上了一堂很长又非常难的生物课，讲的是无脊椎动物，结果，我得了零分，零分！'这个成绩太糟糕了，阿尔贝特'，老师对我说。"

"那你当时哭了没有？"

"当然哭了！"

"啊！"维奥兰特瞪大了双眼说。

而我，我只想着一件事情，那就是多丽丝老师原来叫阿尔贝特，多么好听的名字啊。以后，我生的第一个女儿也一定要取这个名字，一定！阿尔贝特·多丽丝，这样听起来真好……

"老师，"我说，"老师，原来你名字的第一个字母是跟我一样的啊！"

"是啊，没错！"多丽丝老师回答道。

其他同学都羡慕地看着我，说我真是太幸运了。啊，没人可以想象我有多高兴、多骄傲，不过，同时，有点失望，我也说不上来为什么，可能是那么近距离地看着多丽丝老师，看到了一个更加真实、更加活生生的老师，知道了原来她小时候，也考过很差的分数，跟我们一样！真的，真的，她不应该把这个故事讲给我们听的！

门开了，多丽丝老师的妈妈进来，给我们带来了小点心。我觉得她妈妈非常漂亮，多丽丝太太，像是她女儿的翻版，就是年纪稍大了点。她个子很高，也很瘦，头很小，总是不停地在晃动。她不时地用同一种语气对多丽丝老师说："我的小阿尔贝特，注意点！"我一想起她说的"小阿尔贝特"就是我的多丽丝老师，就感觉不舒服。

小点心都很好吃，有一块很大的草莓馅饼、奶油巧克力、奶油双球蛋糕、面包干、棒棒糖、果仁夹心糖……

咪咪舅妈之前提醒过我，不要什么都吃，那样看起来像个馋猫一样，所以，我没有吃面包干。不过我吃了四块草莓馅饼。到了最后，我的脸越来越红，越来越红，我的帽子紧紧地箍住我的头，可我想到那一头糟糕的卷发，我又不敢把帽子摘下来。

我们进行了一场吃棒棒糖比赛，看谁能吃出一个圆形。结果西奈特赢了比赛。

"值得奖励！"多丽丝老师大声说。

她趁大家不注意拿出一本很有意思的书——《爱丽丝梦游奇境》，里面有很多图片，很漂亮。我们感觉似乎这本书是多丽丝老师在一个专属于她的国家买的。

"给我们看看，给我们看看！"我们大家边大声叫喊着，边冲向西奈特。

等我们重新坐回到自己的位子上，我们发现，每个人的盘子里都有一本小书，有蓝色的、粉色的，或者是浅绿色的，大小都差不多。是从哪里来的？是一个谜！我宁愿相信是仙女下凡，而多丽丝老师就是她们中的一位！放在我盘子里的书是《鲁滨孙漂流记》，玛丽·高丽乃拿到的是《美玫瑰》。

"谢谢，谢谢老师！"我们一起说，而玛丽的声音是最响的。

小点心，礼物，节日，这些都让她有点飘飘然，而且，多丽丝老师对她又特别好。我们玩问答猜名游戏，老师总是向她提出一些很有意思的问题。

我们还玩了捉迷藏和击掌猜人。

我们最后玩的是逐鹿游戏。我们蹦着，跳着，转着，整个客厅都活跃起来！一会儿，玛丽代表的爱丁堡，她又跟卡曼交换，卡曼代表的里昂，卡曼跑得快，抓住了玛丽的脖子，玛丽试图挣脱……啪嚓，红色项链断了，珍珠落得地上到处都是！我们都趴在地上，把珍珠捡起来，这时有人按门铃。是谁呢？是咪咪舅妈，她穿着星期天的一身黑衣……

"你们好，你们好，"她说，"我是阿丽娜·杜拜的舅妈。"

"啊，太好了，"老师说，她还因为刚才的游戏笑得喘不过气来，"你来这里真是太好了！快请坐……这里……那里……哦，对不起，扶手椅，刚才我们都用来做游戏了，有点乱，有点乱！"

"其实，"说着，咪咪舅妈瞟了一眼四周，"请问，我外甥女在哪里？"

"我在这里，舅妈！"

我朝她跑过去，她看着我。

"你怎么戴着顶帽子？你不会整个下午都戴着它吧？"

我该说什么呢？我无助地看了维奥兰特和玛丽一眼，没想到被多丽丝老师注意到了，她忙出来帮我打圆场：

"没错，没错，她戴了整个下午了！啊，是为了做游戏，让大家乐一乐……"

可咪咪舅妈始终保持着冷冰冰的神情，多丽丝老师说话的声音越来越低，最后也不知道说什么好。咪咪舅妈慢慢地用她的食指指向我的帽子：

"把帽子摘下来！"

我把帽子摘下来，可动作太用力，不小心弄乱了整个发型。我顿时觉得好像眼前竖了一面镜子，我可以清清楚楚地看到自己头上的小发卷，它们混着汗水牢牢地贴在我的头皮上，一绺一绺的，就像个小丑，尖尖的，高耸在我泛着红光的脸颊上方。太滑稽，太丢人了！为了不被别人看到，趁大家都在捡珍珠的空隙，我赶紧躲到书桌后面。那里才是安全的地方，黑糊糊的，没有人看到，我真想永远都不要出去！

突然，雅克琳娜·莫施站起身来：

"终于都找全了，老师，一颗也没有少！"

她把项链交给多丽丝老师时，却被咪咪舅妈一把拿了过去：

"这……这是阿丽娜的项链，我敢肯定！"

惨了！我发疯似的向雅克琳娜做手势，可惜她没有看到我，还很肯定地说：

"不是的，夫人，这条项链是玛丽·高丽乃的。"

"什么，你说什么？"咪咪舅妈大声说，"怎么可能，这就是阿丽娜的项链，这是我两个星期之前送给她的！"

"可这条项链是戴在玛丽脖子上的……"

正在这时，雅克琳娜终于看到了我向她做手势，话到一半戛然而止。咪咪舅妈不经意地瞟了她一眼。

"啊，原来是这样！"咪咪舅妈转向我，"这就是你的项链，是不是？它怎么会在那个叫玛丽的女孩子那里的？"

我想回答，可咪咪舅妈已经朝玛丽走去。

"是阿丽娜借给我的，夫人，她人真是太好了！我本来不想这么做……可后来还是答应了，因为这条项链戴上确实很漂亮……啊！我很抱歉……要是我早知道这样会让您生气的话！"

"太好了，真是太好了！"咪咪舅妈说话的时候甚至看都没有看玛丽一眼，"你们愿不愿意帮我找齐珍珠啊？"

每个人都把捡到的珍珠交到她手中，她把所有的珍珠装进包里。

"好了，"她说，"我们现在该回家了！再见，多丽丝老师！"

多丽丝老师尴尬地送我们到门口，我心里难过极了，要不是维奥兰特追上我，把那本漂亮的小书交到我手里，我就连这么重要的东西都差点忘记了。

我走在咪咪舅妈身边，机械地迈着步子，她看起来倒已经没那么生气了。可一回到家，她就把我推到房间里，直挺挺地站在我面前，攥紧了拳头。

"虚伪的小骗子！我为你做了那么多，你就是这么报答我的！"

"怎么啦？出什么事情啦？"爸爸跑过来问。

我多想扑到他的怀里，可咪咪舅妈一把拉住我。

"不要抱她，费尔南，她不配你这么做！"

然后她向爸爸诉说着我怎么样把她精心为我做的漂亮发型藏在帽子底下，又是如何没有事先告诉她就把红项链转借给别人，我是一个诡计多端、不懂礼貌的孩子！她说的一切都没错，我确实这样做了。可我多么想为自己辩解，说我宁愿去死也不想让别人看见我这一头乱七八糟的卷发，还有玛丽·高丽乃的连衣裙有多么老土、灰暗！然而，我清楚，这一堆借口，一般人是不会明白的，而且，不管我心里多想说出来，到了嘴里却一个字也说不出来。

"来，"爸爸看起来似乎跟我一样伤心，"来，告诉我怎么回事，阿丽娜！"

最后，我终于可以结结巴巴地说出来：

"老师……老师……她……她会生气的！"

"你看，"咪咪舅妈大声说，一副胜利者的姿态，"你看，她就是这个样子！我们还以为她会悔改，她会觉得抱歉，可是压根儿不是，她就一心想着那个多丽丝老师，那个老师对她来说，比家里人都来得重要！只有对那个老师，她才会心存感激，她就会对老师俯首帖耳……天哪……幸亏她姐姐没有像她这样！"

我受到了惩罚，咪咪舅妈没收了我的小书，我整个晚上只能待在自己的房间里。我坐在床上，听见外面艾丝特正开心地给大家讲她下午是怎么过的，她的口气听起来很放松。她描述着各家商店，大型的滚动电梯——她一共上上下下了五次，垫着小餐巾的茶，惊艳的售货员。在连衣裙的柜台上，她试穿了好几条裙子，其中一条粉色针织的，穿在她身上非常好看，连售货员都说"简直就是为你量身定做的"。爸爸只简单地用"啊""噢"回应她，罗盖一直没有开口说话，一吃完晚饭，他就跑到我身边，递给我两个坚果。亲爱的小弟弟。我咬不开，不过我把坚果放在了我的枕头底下，看着我也觉得高兴。

过了一会儿，艾丝特来睡觉，我还是期待着她能对我说点什么，可惜没有。她只是在脱衣服的时候尴尬地看了我几眼，好像咪咪舅妈一直监视着她似的。她背对着我睡去了。我一动不动，一直那么待着，孤零零的，孤零零的，我的心不断地往下沉，往下沉。突然，传来脚步声，一对臂膀抱住了我。

"你来了……噢，爸爸！"

我紧紧地靠在他身上，强忍着泪水，以免被咪咪舅妈听到我的哭声。

要是我能大哭一场该有多好。

　　爸爸什么都没有说，只是轻轻地抚摸我的脸颊。于是，我放低声音，把下午发生的事讲给他听，玛丽的事，卷发的事，还有我有多么多么肯定，今天要是妈妈在家，她绝对不会责怪我。可是，一说到"妈妈"两个字，我突然难过得再也不能往下说了。我嘴里重复着"妈妈""妈妈"，像一种呼唤一样。爸爸抱着我说："她很快就回来了！"

　　我慢慢地平静下来，妈妈的声音在梦中传到了我的耳边，然后又悄悄地消失了，轻得我都没有察觉。

## 4 月 16 日　星期五晚上

　　从昨天晚上开始，咪咪舅妈无时无刻不在找我的茬儿。我把东西放在右边，她就会对我喊："放左边！"要是我放到了左边，她又会喊："放右边！"

　　因为昨天的事，她还在生我的气。可是我该怎么办呢？多丽丝老师家的下午茶因为我而弄得大家扫兴，我难道还不够难受的吗？即使维奥兰特告诉我，我走了之后，大家还是玩得很开心，也不能安慰到我。我恨不得立刻冲到多丽丝老师家，对她说……说什么呢……我也不知道，可只要她跟我说几句话，让我知道她没有生我的气就行了。

要是还在上课该有多好啊！可不是，学校放假了，我只能待在家里，我受够了整天被责骂！咪咪舅妈对我嚷的时候，我试着用一种方法对付她，我小声对自己说："我没听见……我没听见……"可惜不管用，我还是听到了，有的时候我实在是忍无可忍。幸亏爸爸在的时候，咪咪舅妈就会收敛一些，特别是因为爸爸对我还是非常疼爱的。不过这样一来，整个家里就再也没有欢声笑语了……

爸爸提议趁假日全家出去郊游一天，大家都同意了。要是下周日天晴的话，正好也是复活节的那天，我们就去克拉玛尔森林野餐，去年我们也去过那里。可是我的心情一点也没有好转，连去郊游都没有兴致。

今天早晨，我和罗盖下楼去附近广场的时候，我发现玛丽·高丽乃竟然在街上等我。

"你等了很长时间吗？"

"刚到一会儿，不过没关系。我是想知道你是不是因为我挨骂了……来（她的脸一下子由阴转晴），看看你妈妈给我寄来了什么好东西！"

她从口袋里掏出一张明信片，小心翼翼地用手绢包着。这是一张彩色的卡片，布鲁斯克的象征，蓝色的大海，中间是一个人坐在松树底下垂钓。我太高兴了，幸好还有妈妈能理解我。啊，我和妈妈之间，只要一句话就够了，我们就是这样深深地爱着对方！玛丽看着我，笑起来：

"卡片后面还写着字呢，看看，'阿丽娜妈妈的美好回忆'，还有我的名字，我的地址……嗯，她人真好！"

"哦！是啊，她很好，等她回来，你就可以每个星期四来我家吃小点心，可以经常来，到时候你就知道了！你敲门，然后大喊一声：'我是玛丽！'然后我妈妈就会给你吃一大块巧克力，都不用等你自己说肚子饿！"

我说着，说着……玛丽一手搭在我肩上，等我停下来喘口气时，她急忙问我妈妈是个什么样的人，她平常都做些什么，她喜欢些什么。

罗盖在我们身边跳来跳去，我们沿着广场周围的小路散步。通往山洞的小路，通往池塘的小路，又是一条通往山洞的小路，我任由自己在梦境中畅游。一个小时之后，我回到家门口的时候，心情已经好多了，我顺手把玛丽拉到楼梯上，好似妈妈在家里那样。可是，在屋里的是咪咪舅妈，没办法，她甚至不愿意听到那个"小乞丐"的名字，她就是这样称呼玛丽的。

至于那条红项链，被咪咪舅妈放在了壁橱的最上层，和漂亮的小书放在一起。我暗暗发誓，一定要把它们拿回来。

**4 月 17 日　星期六**

　　放假真好！咪咪舅妈今天早上发现罗盖洗澡洗得一点也不干净，所以打算为他"彻底清洗"一次。她拿着一把刷子，提来一桶冷水，把罗盖放在浴缸中央。我战战兢兢地插话：

　　"对不起，咪咪舅妈，医生说过，不能让罗盖洗冷水澡，他会生病的……不信，你问艾丝特！"

　　"为什么不可以？我做什么我自己知道，爱提意见的小姐。罗盖，过来！"

　　于是她开始把冷水往罗盖头上浇，一边用刷子刷他的背。罗盖像一条小虫一样扭来扭去，叫喊着：

　　"妈妈不是这样洗的，妈妈不是这样洗的！"

　　"你妈妈可能不是这样洗的……不过咪咪舅妈就是这样洗的！"

　　用刷子刷，用冷水泼，这就是咪咪舅妈的洗法！罗盖哭着，咬紧了牙齿，抓着刷子不放。最后，咪咪舅妈终于停下来，可罗盖的脸好似一张白纸，我吓坏了。

　　咪咪舅妈问他："现在好点了吗？"

　　"好点了，咪咪舅妈……"

"那好，我们过一会儿再洗干净！"

　　"不要，不要，"我帮罗盖穿衣服的时候，他悄悄对我说，"不要，不要，阿丽娜，我不要再洗了！"

　　我答应他会保护他，甚至会把这件事告诉爸爸，因为这涉及健康的问题，罗盖的脸色从没有这么难看过。他抱着我说：

　　"我可以下去玩了吗，阿丽娜？"

　　"可以，亲爱的，不过不要跟阿尔蒙一起玩，咪咪舅妈不喜欢他，她会很生气的……自己小心点！"

　　"知道了，知道了！"

他哼着小曲跑远了。我开始整理床铺，咪咪舅妈来到我跟前。

"你在做什么？不要把这个床铺弄得乱七八糟，你不看方向就瞎铺，床单还没有拉挺，还有长枕头……"

"那你想让我干什么？"

"去擦锅吧，这样会好点！"

我听她的话去擦锅，而艾丝特在我身边补袜子。

"阿丽娜！"

"咪咪舅妈，什么事？"

"下楼给我去买点亮铜色颜料，我路过的时候会去付钱的。"

"好的，咪咪舅妈。"

我迅速地冲下楼梯，走进颜料店的时候，正好看见加布里埃尔，他拖着一条瘸腿，靠在阿尔蒙身上，在人行道上走。

"嘿，好点了吗？"我问道。

"还好，好得差不多了！可现在还不能跑。"

"要跑啊，"阿尔蒙打趣说，"你脚扭伤也好，不扭伤也好，我是看不出来你能跑多快！"

加布里埃尔气得说不出话来。

"倒霉的腿！好了，你等着，我脚伤一好，马上和你比一场，看谁跑得快！"

"一言为定，"阿尔蒙反驳说，"你要愿意的话，马上定下时间也行……要不就定那天……永远也到不了的那天！"

我们哈哈大笑，连加布里埃尔也忍不住跟着我们笑起来。可罗盖这小家伙去哪里了？

"他在院子里，"阿尔蒙对我说，"小推车旁边。他在一个人玩造房子游戏呢……罗盖，罗盖，你姐姐找你呢，快过来看看，我给你糖吃，有点碎，不过还是很好吃的！"

罗盖跑过来，手里拿着小石子，突然，一只手从后面拉住了他：是咪咪舅妈，她一脸严肃的样子，非常生气。

"你就是这样听我的话的，啊？"

"不是，不是……"罗盖吞吞吐吐的，弄不明白到底是怎么回事。

"我不是不让你同阿尔蒙这个淘气包一起玩吗？没有吗？我不是早就提醒过你？难道没有吗？"

每说一次"没有"，她就打罗盖一下，接着就把他拖回了家。我跟在他们后面走了。身后的加布里埃尔一头雾水，阿尔蒙则因为被别人称作"淘气包"而愤愤不平。

回到家里，咪咪舅妈一句话也不说，把罗盖夹在手臂底下，开始打他。没错，她使出了全身的力气，用她那双小手狠狠地打罗盖。

"不是的，我玩……我是一个人玩的……"可怜的罗盖号啕大哭，"啊，阿丽娜，阿丽娜！"

我再也忍不住了。咪咪舅妈对我不好也就算了，可是对罗盖，对罗盖……我抱紧小弟弟，把他带回房间，放在爸爸的床上，然后关上房门，回到咪咪舅妈跟前。我变得异常平静。

"请原谅我，咪咪舅妈，我只能这么做，你知道，妈妈从来不会打罗盖的。"

"你不说我也看得出来啊！"咪咪舅妈大声说，"所以他才会这么不听话！"

"可他没有不听话啊，他是一个人在那里玩，真的是一个人在玩造房子的游戏，我看见的！"

一阵沉默。咪咪舅妈微笑着看着我：

"亮铜色颜料呢？"

"亮……"

"我让你去买的亮铜色颜料呢？"

我必须承认，我把这件事给忘了。

"当然，当然，你没去买颜料，光顾着和阿尔蒙玩了。不过，无论你做什么事，我都不会觉得惊讶！

艾丝特，艾丝特！亲爱的，赶紧给我去买亮铜色颜料！"

艾丝特下楼去，连看都没有看我一眼。我追她到楼梯上。

"你看到啦，嗯，她是怎么对罗盖的？"

可她使劲地摇了摇头，箭一般地跑出去了。我敢保证，她也受够了咪咪舅妈，她跟我们一样，可她不愿意承认这一点。咪咪舅妈到底有什么可发火的？说起来，这有点不合情理！直到爸爸回来，她还一直对我大呼小叫的。爸爸一到家，事情就更糟糕了，一听说咪咪舅妈打了小儿子，爸爸气坏了，要知道平时他的脾气有多好。大人们把我们赶到自己的房间，我和艾丝特，我们听到了他们的谈话，或者更确切地说，我听到了，因为艾丝特在这种时候总是装模作样地看书。

"我不想让你动孩子们一根毫毛，"爸爸大声说，"米内特从来不会对孩子动手，这有违我们的管教原则！"

"你们的管教原则，我还真想知道你们的管教原则是什么，肯定很不错吧！我做的一切都白费了，从修窗户到管罗盖！"

爸爸听了她的话，越发生气了。他说，他自己的孩子，他想怎么管就怎么管，我们都是好孩子，咪咪舅妈万万不该一味地说艾丝特好话，而责骂我和罗盖。

"很好，很好，"咪咪舅妈反驳说，"我大错特错，我蠢，我笨，不过你听好了，朋友，当初可不是我自己要来这里的。"

"啊！没错，"爸爸回答说，"这个，我知道，你放心，咪咪，这点我是不会忘记的。"

"真的吗？用这种方式来提醒你，可真是奇怪啊！我为了做家务，是不是把腰都扭伤了？"

"是。"

"孩子们是不是吃得很好？"

"是。"

"他们是不是经常收到礼物？"

"是，是的，你放心……"

"结果呢？结果呢？他们还有什么不满足的？你还想要我怎么样？是要我累得连命都不要吗？"

结果，爸爸不得不感激她，为这段时间她为我们全家所做的一切……她慢慢平静下来，喊我们吃午饭，可牛肉才煮到一半。其实，我更希望咪咪舅妈不在，这样我可以做浓味蔬菜炖肉，艾丝特可以做煎饼！咪咪舅妈又恢复了之前的样子，她的动作，她的声音，什么事都只能由她说了算。

等到了下午，她出去买东西，我才能光明正大地照顾可怜的罗盖，可无论我做什么，都不能让罗盖高兴起来。

将近5点钟的时候，咪咪舅妈回来了，手里拎着大袋小袋，一进门就扔给我们。"就像是圣诞老爷爷的冰冻栗子。"罗盖对我说。

"拿着，这些是买给你们的！"

我的是一个钱包，罗盖的是一只口哨，艾丝特的是一个漂亮的蓝色皮盒子，里面装着各种缝纫用具，她的礼物比我们两人的都好，可这也没什么关系。罗盖吹了一下口哨，口哨发出好听的声音，接着他把口哨装进了口袋。艾丝特很开心地打开又关上盒子，细数着里面的一件件宝贝：剪刀、垫块、粗针……怎么数也数不完！

咪咪舅妈是不是以为送我们些礼物我们就能把不开心的事情都忘记？

复活节　星期日

去森林郊游的日子到了。

妈妈给我们寄来了复活节卡片——我的和艾丝特的卡片上画着钟，罗盖的卡片上画着黄色的小鸡，卡片背面是大家的签名，甚至玛丽·克洛德也画了一个蓝色的圈圈。妈妈写道，夏洛特婶婶身体已经好多了，现在只剩下赔偿金的事，如果不出什么意外，她月底就能回家。

"太好了，妈妈万岁！"罗盖高兴地跳起舞来，而我一个人偷偷地在一边乐。

"好啊，"咪咪舅妈说，"至少，看到你们这么高兴，我也开心。"

"请你见谅，"爸爸解释说，"这些小孩子，他们妈妈……"

爸爸的眼睛里也同样闪烁着喜悦的光芒。咪咪舅妈久久地注视着他。

"我理解，我理解，这种心情很自然！"

可不难听出，她的声音透出一种不快。我示意罗盖不要太激动，然后跑去帮艾丝特一起准备午饭要带的食物，可她却不愿意我插手，她又想把什么都带上。

"至少让我帮你拿篮子吧！"

"不要，不要，这个任务是咪咪舅妈交给我的！"

"那好，你一个人弄吧，我的姐姐，你真改变了不少呢！"

"小坏蛋！"

"那你呢？"

我跑到爸爸身边。罗盖也跟在他身后，拿着一个大足球。

"你把足球也带上？这倒是个不错的主意！"

他踮起脚，凑到我耳朵边。

"嘘，嘘！是给爸爸的，他很喜欢这个，你知道的……我自己倒不是很想带！"

"为什么呢？你肯定会玩得很高兴的！我们可以踢出弧形球，我和你一起玩，嗯？"

"好的，阿丽娜。"

不过他看上去还是很难过。坐在车上，他把小手放在我的手心里，眼睛看着窗外的路，一副失魂落魄的样子。

"想什么呢？"

"没想什么，阿丽娜。"

他的样子让我不安，可当我们来到大森林，当我漫步在草丛间的时候，一切烦恼都烟消云散了。天公很作美，湛蓝湛蓝的天空，没有云，小草青青，开满了银莲花。

"孩子们，尽情地玩吧！"爸爸一边朝我们喊道，一边一脚把足球踢到了半空中。

他确实喜欢踢足球，而且踢得很不错！他脱下外套，奔跑着，停球，射门，分数牌若没有及时更新，他还会生气呢！我跑得满脸通红，上气不接下气，可我抢到了还在半空中飞的球，直线踢出去，正好进了球门。哈！我太高兴了！

"真是个高手，我的阿丽娜！"爸爸朝咪咪舅妈喊道。咪咪舅妈和艾丝特坐着看我们，旁边放着一堆装食物的篮子。

咪咪舅妈摇了摇头。

"真是个假小子！都不知道害臊！"

"好了，好了，咪咪舅妈，来看看我们这脚射门吧！"球朝我这边来了，我冲上去……我整个身体扑在地上，鼻子好像碰到了什么东西，闻起来很香……

"噢！爸爸，是风信子……在这里……那里也有！"我把球放在一边，开始采风信子，似乎我的整个生命都被它们占据了。我采了好大一束，直到拿不下为止，风信子落在草地上，那里的草已经开始枯萎了。我扯下自己的发带，把它牢牢地系在花束上。

"缎子的发带，你就当这个用，真是疯了！"咪咪舅妈在远处朝我喊。

"咪咪舅妈，我忘记带绳子了，我平时都带着的，可今天……艾丝特，艾丝特，你还记得那天我们在广场上的事情吗？就是我咽喉炎发作的时候，那天天气很好，我想去克拉玛尔森林，我还很大声地说：'帮我把绳子带好！'那天我还发着烧呢！"

我摇晃着她，开心地大声笑着。她不太乐意，勉强挤出了一丝微笑——啊！她真的很漂亮，在树荫下，白里透红的小脸蛋！我感觉，她迫切地想回应我，有点激动，可是，这种激动很快就消失了。

"不，我什么也不记得。"

"记仇的家伙！"我咬牙切齿地说。

她耸了耸肩，这时咪咪舅妈叫我们过去。

"已经12点了，该吃午饭了！"

"太好了，太好了！"爸爸嚷道，"我的肚子早就饿扁了！你也是吧？我的罗盖！"

"我不知道，爸爸。"

"好吧，那我就让你知道饿扁肚子的滋味！"

爸爸把罗盖举到半空中，就像举起一个足球似的，可开心的却不是罗盖，而是他自己。在他们玩的时候，我把吃的东西从篮子里拿出来，其中有：

一个整的猪肘子；

醋渍小黄瓜；

炒蛋；

冷猪肉；

土豆沙拉；

奶酪；

橘子。

我们用一次性的纸盘子当餐具，这是咪咪舅妈特地为这次郊游买的，我们吃完就可以直接扔掉；而且可以用手吃，我早就想这样做了！咪咪舅妈什么也没说，她好像下定决心今天不说一句扫兴的话，还硬是勉强自己做出高兴的表情。艾丝特对咪咪舅妈的行为感到很惊讶，可是模仿不来。吃完午饭，艾丝特竟然答应和我们一起去树林玩，爸爸则用报纸遮住脸开始睡午觉，而咪咪舅妈在一边收拾篮子。

"你想让我们帮你搭个小茅屋吗？"我问罗盖。

他说想。于是我和艾丝特开始用一堆树枝为他搭建小茅屋。这令我们回想起去年的情景。我们和以前一样，三个人开心地玩闹着。艾丝特负责编织小树枝，只要是她想做的事情，她都会做得很好。小茅屋建好了，她觉得很漂亮，便提议一起玩野人游戏，其实也就是睡在小茅屋底下。我们平躺在地上，草软软

213

的，阳光透过树叶闪动着，耳边传来风的声音。不一会儿，罗盖便开始一本正经地哼哼唧唧起来。

"吵死人了！根本没法合眼，你们听，有好多狮子在吼呢！我一定得去杀死三四只，我们才能好好睡一觉！"

于是他爬出去，找来一根树枝，对准狮子张开的大嘴……砰！

"你们听到了吗？你们听到了吗？啊，它倒下去的时候叫得可惨了……还弄断了一棵棕榈呢！其他的狮子都逃到海那边去了，可我还是可以逮到它们！没错，一只……两只，三只！"

这个已经不是罗盖了，而是个名副其实的小野人，生活在一个危险重重的孤岛上！艾丝特不停地朝我眨眼……哦，不板着脸是一件多么大快人心的事情啊！我们互相之间不敢再多说什么，不过我们的关系肯定会更好的！

突然，罗盖把枪举到空中：

"我又想到另外一个主意，我真是个天才，我们可以把这个小茅屋当成我的皇宫！"

"你的皇宫！"艾丝特叫道，"哦！不会吧，这可只是个小茅屋而已！"

"这就是皇宫，没规矩的野姑娘！"

"罗盖，"我说，"别管她，你们不要再吵了，我们刚才不是玩得很开心吗？再说了，艾丝特，这是小茅屋也好，皇宫也好，关你什么事呢？"

"就因为我比他大，我不能莫名其妙地让着他。这就是一个小茅屋，茅屋，茅屋！"

可罗盖坚持喊着这不是茅屋，而是绿色大理石搭成的皇宫，狮子都是他的仆人，从头到脚都穿着金子制成的衣服。只要他一个小小手势，它们就会猛扑向艾丝特，然后让她星期一变成小麻雀，星期二变成红眼鱼，星期三变成叉子，星期四变成卷心菜，星期五变成拖鞋，星期六变成小羚羊，星期天变成大南瓜。

"你说完了没有！"艾丝特大怒，喊道，"别再做这种蠢事了，否则我会像宰兔子一样宰了你！"

"那我就用我的筷子轻轻点你一下，让你睡去一百年！"

"你就是没头脑的鲁滨孙！"

"你就去当睡美人吧！"

"你们都闭嘴，闭嘴！"我不断地对着他们两人重复，"要是被咪咪舅妈听到就完蛋了！"

可已经来不及了，她刚好来到我们面前。

"真是太精彩了！罗盖，这样取笑自己的姐姐，你都不觉得难为情吗？"

"可艾丝特也取笑我呀！"

"这正是让我吃惊的地方，你最好乖乖待着，小伙子，昨天的账还没算清呢！况且，今天晚上，我就会写信给你们的妈妈，告诉她，你真是个让人忍无可忍的孩子！"

"哦！不！不！不要告诉妈妈！"罗盖号啕大哭，

"我真的有那么坏吗？"

他哭啊，哭啊，我悄悄来到艾丝特身边。

"你说话啊，你也有错的！"

可是她还是和往常一样静静地站着，不一会儿，她就借口去看看爸爸醒了没有，逃之夭夭。爸爸已经醒来，听了我们之间发生的事后，他很恼火，责备了罗盖。罗盖听着他的训斥，皱着眉头，轻轻地咬着自己的手指甲。我看着他，他看起来很糟糕，多了几道黑眼圈，多委屈啊！爸爸很生气，咪咪舅妈也一样。她对待我们真是太不公正了……艾丝特不用说一个字，就能把错都推到我们身上！

夜幕降临，我们悻悻地回家了，一路上大家都不说话。快乐的时光是不是再也不可能有了呢？

## 4月19日　星期一

今天早晨，罗盖一脸苍白，他不停地追问我，咪咪舅妈是不是写信给妈妈告了他的状。我把事情告诉爸爸，让爸爸去问咪咪舅妈。

"看吧，"她说，"显然，我什么都没有写，不过就是吓吓这个没规没矩的小淘气包！"

可罗盖还是不相信她的话，他似乎已经看到妈妈收到信时的表情，他跟我讲了十遍，二十遍，最后，我只能让他去加布里埃尔家里玩，加布里埃尔的脚又受伤了。这段时间的假期真无聊，我真不知道该拿他怎么办！

早上，维奥兰特和她那位克里斯蒂安表哥会去圣·皮埃尔广场，她想让我一起去，可咪咪舅妈断然否决了。

"阿尔蒙是不会去的。"

"你敢保证吗？谁知道啊，再说，那个克里斯蒂安也是语无伦次的。"

她尽情地批判着，原因就是昨天晚上，她和不幸太太因为地板上蜡的事情闹了点小矛盾。所以现在咪咪舅妈经过门房的时候，站得笔挺，像根柱子似的。

“说起来，你妈妈是不是快要回来啦？”不幸太太问我。

　　当我回答“月底回来”的时候，我看到她露出不同一般的喜悦之情。诺艾米小姐也一样，波迪奥太太那就更别提了。至于高波尼克先生，我不想说什么。从那天午饭开始，他再也不敢出现在我家，而一看到咪咪舅妈，他也会躲得远远的。

　　但是，咪咪舅妈只盲目地信从方图一家，连连地称赞他们家“迷人的卡曼”，她甚至还邀请她到家里吃小点心。

　　“我这是在帮你建立良好的关系。”她对艾丝特说。

　　艾丝特第一次没有做出肯定的表示，她回到房里，坚定地对我说，她是绝对不可能跟成绩排名倒数几名的人做朋友的。

　　啊！妈妈，好想妈妈，只有她才能让大家感觉到生活的轻松美好！再等十二天，再等十二天。

## 4 月 20 日　星期二晚上

　　罗盖整天都在加布里埃尔家里玩，而伯吕施奶奶正忙着做家务。罗盖上楼回到家的时候，还是一声不响的，没人知道他们两人玩了些什么。爸爸告诉我，夜里，罗盖睡觉的时候常常大喊大叫，好像是害怕。只要他不生病就好！不过，他胃口还不错。在咪咪舅妈面前，他表现得很乖，甚至有点太乖了。今天早上，我趁他在整理自己的玩具盒的时候小小地吓了他一下。

　　"你在找什么？"

　　"啊，没什么，阿丽娜！"

　　突然，他钻进我的怀里。

　　"你爱我，说，你是爱我的，是不是？你确定咪咪舅妈写给妈妈的信没有寄出去吗？可是，万一信寄出去了，妈妈怎么会不给我写回信呢？她是不是生气了，你说呢？"

　　"不是的，亲爱的，你不要为这些蠢事烦恼了。"

　　"哦！你说得对。"

　　可一个小时之后，他又来纠缠我了。我今天一早写信给妈妈，让妈妈尽快写封信给罗盖，可是我还是

219

不能放心。我也说不上原因，可我总觉得罗盖对我隐瞒了点什么。我本来想找艾丝特谈谈，不过她好像也不太愿意跟我聊，而爸爸……爸爸的工作又出了点状况，他花一个星期做好了壁橱，可现在发现护板太小了，所以不得不重做，而马尔蒂乃先生又说这完全是爸爸一个人的失误，要他全权负责，这几个晚上，爸爸都忧心得睡不着觉。他在我面前发牢骚，我听着，而又不敢把罗盖的事告诉他……我要是能美美地睡上一觉，一直睡到月底再醒来，该有多好啊！

## 4月21日　星期三，11点钟

罗盖不见了，没错，没错，罗盖不见了！从今天早上开始，8点钟之后就再也没有见过他。我们找遍了整栋楼，整个小区，都没有找到他。

爸爸疯了一样地从马尔蒂乃作坊跑回家，是艾丝特去那里把他叫回来的。罗盖去哪里了？罗盖！罗盖！今天早上，他喝完加奶的咖啡之后，对我说：

"我去加布里埃尔家了，阿丽娜！"

他小男孩的声音还在我耳边回响。他看起来有点反常，走到门口的时候，他还特意转回来，拥抱了我一下，可我并没有太在意。这几天，他都奇奇怪怪的。他走的时候，我正忙着铺床呢！

快10点钟的时候，我看他一直没回来，就到加布里埃尔家去找他。

"罗盖？"伯吕施奶奶大声说，"他今天早上没有来过啊！"

没有来过！我的心跳开始加速。我想，或许，他和阿尔蒙在外面玩？我又三步并作两步地跑到维奥兰特家。

"你没看到罗盖和阿尔蒙吗？"

221

"罗盖，没看到啊。阿尔蒙，他一早就去老师家了，老师叫他过去，我也不知道为什么事情。出什么事啦？"

我把罗盖不见的事告诉她，我的心一点一点地往下沉，我完全弄不明白是怎么一回事。

"先别慌，"她对我说，"他可能就在院子里玩……好了，我帮你一起找吧，好吗？"

可院子里根本没有罗盖的影子，哪里都找不到罗盖。我必须马上告诉咪咪舅妈，她怒不可遏，而艾丝特赶紧去马尔蒂乃作坊……快去找吧，我对自己说，我也不知道自己在写些什么，我好像在做梦一样……阿尔蒙……哦……哦……罗盖是不是和他一起在老师家呢？一定是这样，肯定是这样。

## 2点钟

爸爸急急忙忙地跑去老师家。阿尔蒙不在那里，他说了谎，没有人要他过去。那就是说他有可能和罗盖一起走了，可去哪里了呢……哪里？还是被咪咪舅妈说中了……这个阿尔蒙……我踱来踱去，在房间里踱来踱去，我突然想到去看看罗盖的东西。他带走了小折刀，红色的铅笔，还有平时从来不戴的贝雷帽，而且我在爸爸的床上发现了他的地图册，打开着，法国地图的那一页被撕走了。昨天，我看他翻过抽屉，那里面本来放了一个装指南针的小盒子，现在也不见了……旅行，他去旅行了！我拼命喊爸爸。我们立刻下楼到波迪奥家里，他们也刚刚发现阿尔蒙的练习簿上画着穿越法国的行程路线。

"他们逃跑了，两个没头脑的小家伙！"波迪奥太太喊道，"维克多，马上报警，我们也只能这么做了！"

爸爸和波迪奥先生走了，我留在家里等着。艾丝特坐在床上，直挺挺的，不说话。我想她是没有勇气跟我说话吧。咪咪舅妈真让我们头疼，她走来走去，大声嚷嚷，没完没了地重复着，她早就预料到这样下去没有好结果，她已经尽心尽力了……可有谁在埋怨她吗？现在最重要的是找到罗盖，找到他，其他的都不重要。我写着，我强迫自己写下去，只有这样我才能不去想这件事。我想象着可能发生的一切，实在是太恐怖了！再说，妈妈临走前，交代我好好看着罗盖……要是被她知道，该怎么办！不会，不可能，两个小孩子就这样离家出走，怎么会逮不到他们呢！他们到底想去哪里呢？这张法国地图是什么意思？罗盖一直担心咪咪舅妈会给妈妈写信……哦……我想到了……他会不会是去布鲁斯克，去看妈妈了？地图，指南针，行程路线，一定是这样，一定是这样！赶紧，爸爸快点回来吧，我可以把这个想法告诉他！我要跑去告诉维奥兰特！

### 晚上 10 点钟

我想得没错，我想得没错，我说说我是怎么想到的。

我在维奥兰特家，爸爸和波迪奥先生刚回来，伯吕施奶奶就抹着眼泪来到我们面前。

"我可怜的杜拜先生……我可怜的波迪奥太太……我可怜的朋友们……啊！这两个该死的小孩，真应该好好教训他们一顿！"

"你说什么，你说什么？"我们着急地追问她。

她终于向我们解释说，加布里埃尔从今天早上开始就怪怪的，他待在扶手椅里，既不调皮，也不说话，只是不时地叹几口气，更令人担心的是，中午，他竟然不想吃饭。所以，他奶奶认为他一定是生病了，就请来了医生。加布里埃尔开始呻吟，样子很吓人。

"我不要看医生，我没事，我只是守不住这个秘密！可我答应过他们的！我该怎么办？"

伯吕施奶奶听了，觉得事有蹊跷，便开始逼问加布里埃尔，打他，骂他，终于问到了事情的真相：

224

原来阿尔蒙和罗盖真的去布鲁斯克找妈妈了，整个计划，加布里埃尔都一清二楚。星期一早上，罗盖大哭了一场，因为咪咪舅妈威胁他说要给妈妈寄信。他一定是想到妈妈会生他的气，不再爱他，才会做出这样出格的事情。要是去布鲁斯克的火车票不是很贵的话……可他只有30个生丁啊！这时，阿尔蒙突然提议让罗盖跟着他走，用两条腿步行去。

"你愿意吗？"

"我当然愿意。"

这件事就这样决定下来。他们开始拿地图册，开始策划行程。真是一件有意思的事情，一次真正的探险，就像小说里写的那样。阿尔蒙为自己能帮助罗盖而感到高兴，同时也可以圆自己做一次长途旅行的愿望。加布里埃尔却因为扭伤而不能跟着他们一起走，要是不用走那么多路，他倒还真想试试看，可布鲁斯克实在太远了。罗盖记得，我那个叫玛丽·高丽乃的朋友曾经走路从尼斯到巴黎，而且睡在一棵苹果树下。我吃饭的时候给他讲过这个故事，一个女孩子能做到的事情，对男孩子来说更是小菜一碟了！

"更何况，我们肯定一直是走下坡路的……因为布鲁斯克是在地图的下端！"罗盖补充说。

"啊！好，就这么说定了。"阿尔蒙说。

大家开开心心地凑足了钱：罗盖的30个生丁，阿尔蒙的70个生丁，加布里埃尔也热情地给了他们80个生丁，总共是1.80法郎，还是一笔不小的数目呢！再加上一个指南针，一张彩色地图，两把小折刀，两块巧克力，装备倒是很齐全。出发的时间定在星期三早上8点钟，大家说好，为了不引起怀疑，阿尔蒙就说被叫到老师家，而罗盖就说去加布里埃尔家。

　　"真是闻所未闻，你们听听，"伯吕施奶奶说，"我问加布里埃尔，他们在计划的时候有没有一丝犹豫，比如说害怕让爸爸妈妈担心啊。没想到他瞪大了眼睛，说：'让爸爸妈妈担心？可就是因为想见杜拜太太，他们才会这样做的啊，就是为了让她收到信的时候不生罗盖的气！罗盖真神！阿尔蒙就更神了，宁愿牺牲自己，也要把罗盖从咪咪太太的魔爪中救出来！这和小说里的故事一样精彩。没有人知道会发生什么，嗯，可能有很多危险的事情，比如暴风雨……阿尔蒙已经做好了迎接一切的准备。'"

　　波迪奥太太和爸爸立刻下楼询问加布里埃尔，可是一无所获，加布里埃尔除了拼命抽泣之外，其他的什么也没说。他们不得不放弃了。

# 4月22日　星期四，早上8点钟

他们会朝哪个方向去呢？是朝南边，这是肯定的，可是朝南边的路有那么多条。他们会走往高尔贝伊的路，还是往牟兰的路，还是往普旺的路？爸爸仔细研究了巴黎地图。据他分析，他们肯定是从意大利门那里出市区，然后去牟兰和枫丹白露。这条路是最近的，而且，在阿尔蒙的地图上也标出了这条路线。

很有可能，他们今天早上已经到阿蒂蒙这个地方了。可要怎么才能知道呢？他们或许还没有离开市区，又或许，他们拦下一辆过路车，已经到了更远的地方。

如果他们真的是靠两条腿步行去的，我想，罗盖一定小跑着跟在阿尔蒙身边，手里拿着法国地图，上面只标注着几个众所周知的地名。他们要去的地方是下边这块蓝色的区域，因为妈妈在那里。爸爸知道的也就只有那么多。他这几天脸色一直很难看！

我查看了他的衣物，发现他穿走的是一双旧跑鞋，那双鞋脚底已经磨穿了，我本想拿到鞋匠那修补的。即使是天晴，那双鞋也维持不了很长时间，万一下几滴雨，他肯定会很不舒服，很不舒服的！再说，

227

晚上他们睡哪里呢？

爸爸站了一夜，眼睛一刻都没有合过。他想让我们好好睡一觉，可我，我也睡不着！我平躺在床上，眼睛睁得大大的，嘴里嘀咕着罗盖到底去了哪里。

"哦！听着，不要再念叨了！"艾丝特受不了，生气地对我说。

"好了，好了，"我说，"要是你能睡得着，当然也是好事！"

她猛一转身，对着墙，把被子都拉到自己身上。我并没有埋怨她。

"艾丝特，"我低声说，"抱抱我吧！"

她没有回答。我想她一定是生我的气，因为爸爸一直在我身边，有关于罗盖的消息，他也总爱第一个告诉我。她真是奇怪，这个可怜的艾丝特，她总因为一点小小的不开心而令我们操心。

## 晚上

妈妈来信了，这是一封让我们全家开心的来信：她下个星期四回来，还有一个星期。啊！要是到那时还没有找到罗盖的话，我们要怎么跟她说？不过，从现在开始，还有一个星期的时间，今天，明天，还有后天，我们一定会把他找回来的！警察为了调查情况已经来过两次了。整个小区的人都知道这件事，人们常常会停在不幸太太的门口，询问："那两个小孩子，怎么样啦？"当她回答"还没有消息"的时候，他们就会叹一口气，然后走远。

今天早上，我在维奥兰特家见到玛丽·高丽乃，她抱住我，安慰我说，罗盖他们一路走去一定很辛苦，但是即使下雨，雨也会停，而且罗盖是个坚强的孩子，阿尔蒙是个有头脑的孩子。总之，她编了一通谎言，只为了让我心里稍微舒坦一点。诺艾米小姐正要写信给她住在牟兰的侄女，而高波尼克先生更加卖力，他刚悄悄出发了，去枫丹白露亲自做调查。他出发前把这件事告诉了我，并不许我对其他人提起。

"连爸爸也不能说吗？"

"特别是不能跟你爸爸说，不能给了他希望又让他失望啊！而且，我明天就回来，就出去今天一个晚上，餐厅里会有人替我。"

"啊，高波尼克先生，你真是个大好人！"

"别这么说，别这么说，我自己本来也特别想去郊区转一转……看到了吧，我有多爱你们！"

说完，他就赶紧离开了，否则他又要开始一场感情大爆发。

我本来想跟着他一起去的，做什么都好，可最后，我突然想到，我还有重要的事情要留在这里做！待在家里，苦苦地等待，这是一件多么揪心的事情。每一秒钟，我都竖起耳朵，我仿佛听到楼梯上传来了脚步声，轻轻的声音……我冲出去……却一个人也没有！我的小罗盖！

## 4月23日　星期五，早上8点钟

又是一夜，我跟着爸爸跑遍了整个巴黎，从意大利门到万夫门，我们什么也没找到，一点希望都没有。今天早上7点钟，我们被叫到派出所。他们在14区找到了一个孩子，可却是一个三岁的孩子……怎么会有这种事情！我们必须立刻找到他们，必须！

## 10点钟

没有消息。

## 傍晚5点钟

找到他们了，找到了！

## 4月23日　星期五，晚上11点钟

是高波尼克先生把他们带回来的。

我在街上，正在跟玛丽说话，这时，一辆出租车停在我们的楼前面，高波尼克先生从车上下来，后面跟着阿尔蒙，还有罗盖，阿尔蒙牵着他。

"太好了，总算找到你们了！"

我看着他，一下子愣在那里，我真不敢相信这是真的。罗盖踮起脚尖。

"阿丽娜！"他轻轻地说。

我抱住他，确实是罗盖。他把他那圆圆的小脑袋紧紧地靠在我的肩膀上，他总喜欢这样靠着我。我能感觉到他一头湿漉漉的头发贴在我的脖子上。我开心地笑，我开心地哭，我甚至忘记亲吻他了！爸爸突然穿过一片浓雾，出现在我们面前，他急急忙忙地从马尔蒂乃作坊赶回来，他把罗盖抱回家，而阿尔蒙也被波迪奥太太用粗壮的手臂挽着回到自己家里。我帮小家伙脱下衣服，他全身都湿透了，我帮他擦干。艾丝特为我递毛巾，咪咪舅妈在准备椴花茶。罗盖任由我们摆布，一句话也不说。又能睡在自己床上，他看起来也很兴奋。我给他喝椴花茶的时候，他的小手轻轻地推开勺子,又马上滑落到被子上——他已经睡着了。

"太好了,太好了!"爸爸轻声说,"他肯定是累坏了!我们明天再问他发生了什么事情吧。"

他们都踮着脚回到自己的房间,除了我。罗盖抓着我的手,睡熟了,我不敢把手抽回来,怕吵醒他。啊!他的脸色像白纸一样,这时,我并不害怕他生病,不害怕,我只想着一件事情,那就是他回来了,我的小家伙,他的小手正在我的手中。

过了一会儿,咪咪舅妈过来了。

"你爸爸叫你和艾丝特一起去波迪奥家里。来,我来看着罗盖。"

阿尔蒙两眼通红,他正在喝热汤。他的爸爸妈妈和姐姐看着他吃,而高波尼克先生坐在他对面,开心地在椅子上摇来晃去,他面前放了一杯白兰地。

"好了,好点了吗,捣蛋鬼?你的脸色看起来比我找到你们的时候好多了,你,还有那个小家伙!"

原来高波尼克先生是在枫丹白露的树林里找到他们的。

整个上午,高波尼克先生找遍了整个小城:

"你们有没有见过两个小男孩?一个大一点,褐色头发,还有一个小一点的。"

他得到的大部分回答都是"没见过"。他继续找，突然，在城堡广场，他看到一辆去枫丹白露树林的车……枫丹白露树林……那是一个美丽的地方，他曾经去过那里一次，过了这么长时间，变化一定不小吧……一个小时之后，他在那里下车，然后去了一家咖啡馆，准备在露台上吃午餐时，老板拿来了一份菜单。

"你有没有见过……"

正在这时，树林里出现了两个身影，一个穿着蓝色衣服，一个穿着灰色衣服，他一看就觉得眼熟。穿灰色衣服的小孩跟跟跄跄地拖着腿往前走，另一个孩子头发遮住眼睛，拉着同伴的手。看到咖啡馆，两个小家伙停下了脚步，窃窃私语……就是罗盖和阿尔蒙！

"我的天哪！"高波尼克先生喝了一口白兰地，继续说，"我本来想马上过去，跟他们说话，可好奇心让我没有那么做。我想看看他们接下去要怎么办？我决定先等一会儿，于是我换了一张靠里面一点的桌子，前面的一位太太和她的小女儿正好可以挡住我。阿尔蒙走上前来说："女士们，先生们（咖啡馆就我们三个人），我为大家介绍一个著名的组合……有很多种不同的表演方式。首先我要为大家做一个倒立（他真的做了），接下来，我来给大家出几道脑筋急转弯的题。什么东西，我们扔出去的时候是白色的，再拿回来的时候是黄色的？（没有人回答）是鸡蛋！你们知道，法官和楼梯的区别在哪里吗？（还是没有人回答）楼梯要我们举起脚，而法官要我们举起手！'之后他又讲了类似的三四道脑筋急转弯的题，都是大家都知道的，然后，他不慌不忙地又开始唱歌，歌词好像是：

你要结婚，雪白色的蝴蝶；

你要结婚，在那棵老桑树下……

"走调走得一塌糊涂，我都不忍心再听下去！啊！这是唯一一件我不能原谅你的事情，小伙子——唱歌走调！除了这个，我不得不承认，他确实很勇敢，这个小家伙！坐在咖啡馆里的小女孩连连拍手叫好。本来一切都还不错，可惜，最后阿尔蒙被自己的成功冲昏了头，他傻乎乎地把罗盖推到人前，说：'女士们，先生们，现在，让我们一起来欣赏史上最伟大的朗诵者，朗诵最新的作品——《诗学》！说完，阿尔蒙很小声地对罗盖说，'罗盖，去吧，去朗诵你的寓言故事！''我不要，不要'罗盖说。可阿尔蒙坚持让他出场，小女孩也开始跺脚，要求罗盖上，罗盖只得硬着头皮执行阿尔蒙的命令。于是传到我们耳边的是：

那个……那个……狼……狼……和……

一头……一头……小……羊……它……

"还没念完一句，罗盖突然开始打嗝，是打嗝！他还想继续朗诵下去，可他不停地打嗝，根本念不下去，而且，一个一个嗝越来越频繁！'快点，你快点！'阿尔蒙悄悄地对他说。'我可以……哦……哦……'罗盖不停地打嗝，阿尔蒙就不断地摇晃他，小女孩则在一边大声地笑。罗盖觉得很难为情，终于忍不住号啕大哭起来。这时，老板来了，他暴跳如雷，说已经把这里的情况告诉保安了，我这才不得不出面解决。多么令人感动的一幕啊！两个小男孩钻进我怀里，我让他们坐在我身边，而老板呢，一看又多了两位顾客，重新露出欣喜的表情。所以……所以我们就回来啦……可阿尔蒙，阿尔蒙，我的朋友，你唱歌的时候走调真的走得很厉害啊！"

"你说得一点不错，高波尼克先生！"阿尔蒙肯定地回答。

"来，你给我们说说看，"爸爸对阿尔蒙说，

"这次冒险旅行一开始是怎么回事？快告诉我们。你们到底怎么想的？"

阿尔蒙低下头，一副很惭愧的样子。

"哦，我也不知道，杜拜先生……我们坐公交车到意大利门，那里可以通往枫丹白露。下车的时候，我们一人买了三个小面包吃，还吃了我们从家里带的巧克力、糖，吃完之后，我们就沿着路牌一直走。我们走啊走啊，也没有走太长时间，因为，当我们来到真正的郊外时，有很多开着车的年轻人会在路上向我们打招呼：'小孩，你们去哪里？'我们说：'去枫丹白露，去找我们的爸爸妈妈。'他们说：'哈，这个听起来倒挺有意思的，来，上车，我们带你们过去，反正我们也顺路。'他们个个人都不错，每个人都背着大包，还带着绳索，特别其中一个叫弗莱德的，穿了一条很酷的运动短裤！到一个十字路口的时候，他们把我们放下来，说：'这里向右拐，就到了！'可是我们拐错了，我们拐到了左边，所以就迷路了。"

"什么……什么，迷路了？"我们一起喊道。

"没错，确实是迷路了！"

"说起来，"爸爸说，"你们是星期三接近中午的时候到树林的……很早就到那里了，那你们是什么

时候从树林里出来的呢？"

阿尔蒙看着他。

"就今天早上，碰见高波尼克先生的时候啊！"

"你们在树林里足足待了两天吗？"

"当然啊，因为我们迷路了嘛！我们转来转去，转来转去，找不到走出来的路，走了一圈，总是发现还是回到了原来的地方，不过还是得说，我们一边走一边玩，玩石头啊，从石头上面滑下来，从一块石头跳到另一块石头。真是一个绝好的练体操的树林，不过这也让我们耽误了不少时间，以至我们两个晚上都是在那里过夜的，一个晚上在一个真正的岩洞，另一个晚上在一堆欧石楠丛中。我们很冷。"

"那你们吃什么呢？"

"嗯，其实没吃什么东西，因为我们没什么吃的了，除了吃剩的面包屑之外。也没有办法，我们又没有钱，我们就像是《无家可归》故事里的那群人，只是没有狗而已。"

"唉，"高波尼克先生大声说，"我终于知道你怎么那么快就把满满一盘东西都吃完了！可怜的孩子们！"

波迪奥太太有点生气。

"啊！别，不要可怜他们！这两个小调皮，你们这是自作自受！特别是这个大的，太不像话了，都12岁了，还跟小孩一样不懂事！"

"嘿，嘿，"阿尔蒙说，"我这样做是为了帮罗盖……帮罗盖……"

"你给我闭嘴，睡觉去，捣蛋鬼！"

说着波迪奥太太要把阿尔蒙拖回自己的房间，但阿尔蒙哭闹着不肯去。这是我第一次看到阿尔蒙哭，我觉得有点奇怪，艾丝特却觉得很好玩。我们好好地感谢了一下高波尼克先生，爸爸还说等妈妈回来后邀请他来我们家吃饭。然后我们回到自己家里。罗盖还在熟睡，他的脸颊很烫，很烫……他是不是发烧了？他全身都湿漉漉的，他肯定是着凉了！今天夜里，爸爸会守着他，我明天要起早床，去看他。

# 4 月 24 日　星期六早上

　　罗盖生病了，今天早上6点钟的时候，他的体温是39度7。医生已经来过，可也看不出什么，喉咙没有发炎，没有感冒，没有支气管炎，只是纯粹的发烧而已。

　　到底是怎么回事？怎么回事？我悄悄地去查字典，我查到伤寒初期的病征就是这样的，从发烧开始，还有脑膜炎！啊！我好害怕！罗盖动个不停，他翻过来，翻过去，又把被子掀掉。咪咪舅妈想在他的额头上放一块敷料纱布，以减轻一点他的头痛，可是他一把推开，喊道："到岩洞里面去！"或许他还以

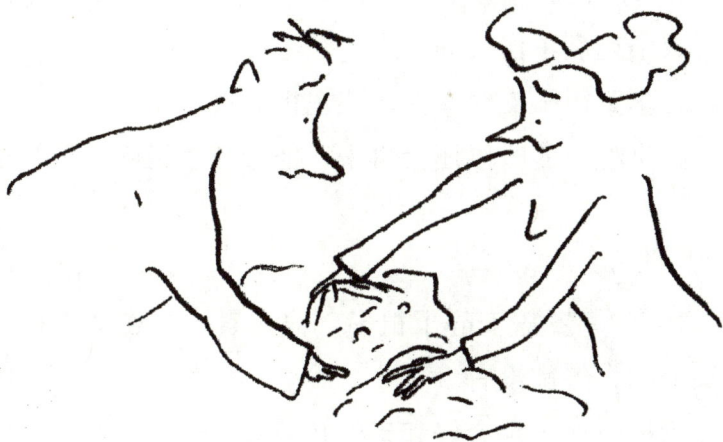

241

为自己睡在岩洞里。咪咪舅妈把他的话当作是一种侮辱，之后她再也没有离开过厨房。药煮好了之后，她就叫我：

"阿丽娜，来拿药！"

不过，这也的确，罗盖只要我一个人照顾他，我必须拉着他的手，我必须跟他讲话，我必须对着他笑。唯一一件能让他平静下来的事，就是我把自己的脸凑到他的脸边，这时他才会闭上眼睛，像是做祷告那样低声地重复着："妈妈，妈妈……"我忍不住想哭！爸爸还在马尔蒂乃作坊，艾丝特会时不时地跑去向他汇报罗盖的情况。除了这件事之外，她也想帮我忙，可是她做起来并不顺手。刚才，她还把椴花茶洒在了妈妈粉色的鸭绒被上。之后，她不得不呆呆地坐在床的另一头，也不出声。她看着我一个人忙进忙出，眼中充满了伤心的泪水。

阿尔蒙得了支气管炎，我也担心他。

医生晚上的时候还会再来，他会怎么说呢？

### 5点半

40度8。罗盖安静了很多，他太累了，连把头移到枕头上的力气都没有。

哦……他一定会好起来的！

这个医生，他怎么还不来？啊！有人按门铃，是他！

## 7点钟

还是说不上来是怎么回事，医生也不知道原因。我在楼道里追上他。

"医生先生，请向我保证……他得的不是脑膜炎，或者是……是伤寒！"

医生戴着一副眼镜，对我微笑。

"好了，我的小姑娘，你不是也生病了吧？怎么尽说这些傻话呢！我刚刚已经跟你爸爸说过了，要是明天烧慢慢退下来的话，那就仅仅是因为过度疲劳，

243

是做长途旅行的结果啊！不过，当然，烧一定要退下来！"

每隔几个小时，我们就帮罗盖换一次敷料纱布。晚上，爸爸来帮我，他很会做事，动作也轻，也很利索！啊！罗盖的烧快快退去吧，退去吧！

## 9 点钟

爸爸还没有睡觉，咪咪舅妈也没睡，我和艾丝特都想站着看着罗盖，可大人们不同意。他们以为我们会睡得着吗？要是半夜罗盖叫我呢？无论如何，我已经决定了，我不脱衣服，这样，万一爸爸叫我，我就可以立刻下床。可静静地在黑夜中等待第二天的降临，这是一件多么可怕的事情！

# 4 月 25 日　星期天，早上 6 点钟

　　凌晨4点的时候，罗盖的烧退了一点点，39度1，比昨天退了1度半。医生说过烧会退的，哦！多神奇的医生啊！罗盖的脸还是红红的，身上也还很烫，不过他不再呻吟了，我估计他又睡着了……爸爸躺在他身边休息。我睡不着，我昨晚起来好几次，来看看小家伙的情况。4点钟的时候，咪咪舅妈来找我，因为罗盖醒来要我在他身边。他一看见我，就抓着我的手，轻轻地用他的两只小手握住我的手，只有这样，他才能美美地睡一觉。醒来的时候，烧又退去了一点。走了那么长一段路，并且夜晚睡在露天里，他一定累坏了。原本他很难恢复元气，不过我按医生说的一字不差地照做，一字不差！等妈妈回来的时候，一定要看到一个健健康康、活泼可爱的罗盖。我要带他去理发，头发剪短一点，脸蛋就看起来圆一点，我还要给他穿上那套新的小西装。

　　不过我要说说艾丝特。昨天晚上，我以为艾丝特一定睡着了，可我听到她低声叫我的名字：

　　"阿丽娜……阿丽娜……"

　　"怎么啦？"

"阿丽娜！"

突然，她冲进我怀里，头靠在我的肩膀上，大声地哭，大声地哭。

"阿丽娜，你是不是也认为罗盖……罗盖病得很重？"

"不是的，你在胡说什么？罗盖只是疲劳过度而已，是做长途旅行的结果啊（医生的原话）。而且，从明天开始，烧就会慢慢退的！你看看，你看看，你都成什么样啦？"

她越哭越伤心，突然又说：

"不完全因为这个，可……你不再爱我了，不爱我，你不会再爱我了！"

以前可都是她来教训我的呀！我一下子生气了，我叫她"傻姑娘……笨姑娘……蠢姑娘"。我每叫一次，她的哭声就轻一点，当我叫她"白痴"的时候，她猛地欢呼起来：

"我就知道你还是有点爱我的。哦！阿丽娜，你不知道之前我有多伤心！那天你对我说：'要是你能睡得着，当然也是好事！'还有那一天，你那么兴高采烈地去多丽丝老师家，不带着我，还有……"

足足十分钟，她就这样列数着一件件小事，可她说得没头没尾的，听得我云里雾里。我简直不敢相信自己的耳朵。一直以来，我都是艾丝特批评的对象，没想到，反过来，我也带给她这么多不开心。太震惊了！我真想转过身去不理会她，可她看起来真的很伤心，我不敢这么做。我们俩谁都没有说话，过了好一会儿，艾丝特换了一种口吻，慢慢地说：

"我知道，我很清楚自己是一个什么样的人。我只顾着自己……我也没有办法……帮帮我吧，阿丽娜……帮帮我……我需要你的帮助，求你了！"

"艾丝特！"我喃喃道。

我张开双臂抱住她。我们两个人紧紧地抱在一起，连彼此的呼吸声都听得清清楚楚，脸上的眼泪也已经混杂在了一起……可怜的艾丝特，她说得不错，她的心中正燃烧着一团小小的火焰，可火光越来越弱，越来越弱，只有用无限的热情、无限的温柔环绕它，才能使这团火不熄灭。无论是对罗盖，还是对我，她都不太关心，但一想到我不再爱她了，她就这么伤心。无论她是什么样的，我都爱她，我都会帮助她，只要她开口。她会发现，我原来一直在她身边。我对她说了一遍又一遍。

她亲了我一下。

"亲爱的阿丽娜，你真好！可你知道，我越想越觉得，所有的一切都是咪咪舅妈惹的祸。开始的时候，我还觉得很开心，因为她偏爱我，她夸我好，送我礼物，可后来，她不愿意我离开她，要我站在她那一边，我以为你们是站在我的对立面的，你和罗盖……哦，我讨厌死她了！"

"听我说，艾丝特，她确实对你很好！"

"不，不，我讨厌她！"

她不出声了，过了一会儿，我叫她，她也没有回答，原来她已经睡着了，就好像没有罗盖生病这回事，就好像这个世界上除了她的这一点点痛苦以外，再没有其他事情，亏我刚才还这么用心地安慰她。

今天早晨，她醒来，又是容光焕发、兴高采烈的样子。她朝我微笑，不断地亲吻爸爸，帮忙照顾罗盖。

"那我呢？"咪咪舅妈欢快地对她说。

艾丝特向她投去了冷漠的眼神，咪咪舅妈意识到之后，惊讶而又伤心地背过身去。我看得出来，咪咪舅妈有点难过。

# 4 月 26 日　星期一

罗盖的烧完完全全退了。今天早晨测出来的体温是36度8。

"36度8，"咪咪舅妈晃了晃体温计说，"太不可思议了，昨天晚上还不正常呢，发烧发到38度3。"

我从波迪奥家又借来了一支体温计，测出来的体温一样。

"啊！我受够了量体温！"罗盖叫道，"我肚子饿了！"

他肚子饿！

我给他吃了一点土豆泥、苹果泥。他高高兴兴地吃下去，吃完了甚至还想吃苹果泥。

"不，不，"我说，"差不多了，否则你又要生病了，到星期四妈妈回来时，你就不能健健康康地迎接她喽。"

"哦！"他欢呼起来，"那就是说，我什么也不吃，什么也不吃，这样才好！可妈妈到时会怎么说呢，妈妈要是知道，我离家出走去找她，她会说什么呢？她会不会很生气，或者，生气的同时还有一点小小的高兴呢？"

"罗盖，妈妈肯定会很生气的！太不好了……爸爸已经教训过你了！"

爸爸确实已经教训过他了，可罗盖似乎不太明白为什么。他做了件错事，这点他承认，没有告诉家里人，偷偷地离家出走，可毕竟这是为了"去找妈妈"！他以为，这个理由足以解释他的所有行为，那为什么还要责备他，还要惩罚他呢？爸爸只要他保证下不为例。

"当然，"罗盖说，"既然妈妈就要回来了，我再也不出走了！"

咪咪舅妈听了他们的话，很气愤。

"你爸爸是疯了，"她私底下对我说，"啊！他十年以后肯定是个负担，你们这个罗盖！更不要说那个阿尔蒙了！"

这一点，我同意她的看法，尽管阿尔蒙一再地重复，这样做是"为了罗盖"。他有可能成为一个大人物，更何况，他本来就爱好探险，我觉得他即使这次不得支气管炎，也终究有一天会为了他自己这点爱好，付出惨痛的代价。他妈妈用她自己的一套办法照顾他，非常和蔼可亲的，一下子不再生气，她威胁阿尔蒙再不听话就把他送医院。

"你自己活该，小淘气。我也不知道，自己怎么

250

忍得住不扇你几个耳光！啊！你这样生病躺在床上，还真走运！"

阿尔蒙哭了，他发誓说以后一定乖乖听话，维奥兰特在一边安慰他，她念故事给他听，像小宝宝一样哄着他睡觉。维奥兰特对我说，她其实很乐意照顾他。

"你知道，阿尔蒙变得很乖，我可以让他干什么，他就干什么，照顾他，对我来说，真是一件开心的事情！而且，我决定了，长大以后我就当一名护士，我太喜欢这个工作了！"

这段时间，正好是开学的日子，维奥兰特和艾丝特回学校上课了。因为罗盖，我还必须留在家里，要等到星期五才能回学校去，到时妈妈就回来了，终于可以这样说了，因为这是千真万确的。

"你想不想让我代你留在家里？"艾丝特问我，"有点无聊，我不得不承认。"

我说不用了之后，她的神情一下子欣喜起来。

"啊！那样就更好了，要是听不到老师讲的故事，我还真觉得郁闷……不过要是真能帮得上你的忙，我不听也就不听了！"

说完，她飞也似的逃走了。

而我呢，今天下午，我要去跟老师请假，维奥兰

251

特会把作业带给我，就是这样。

## 星期一晚上

我见到了多丽丝老师，她的发型稍微有点变化，是偏分的头路，她为什么会换发型呢？除此以外，她还是和以前一样和蔼可亲。维奥兰特说得没错，对去她家吃点心那天发生的事，她是不会记恨我的。即使她对那天的事有点不高兴，那么罗盖的事也会让她忘了那天的不愉快。她问了我好多问题，最后，她让我带给罗盖一幅非常漂亮的画，上面画的是撒哈拉大沙漠的骆驼。

"我上次送给你的那本《鲁滨孙漂流记》，你喜欢吗？"她突然问我。

我想说喜欢，可我没有勇气对她说谎，我流着眼泪，告诉她，书被咪咪舅妈没收了。

"你的咪咪舅妈？"她若有所思地说道，"啊，不错……"她换了一种口吻，"其实，阿丽娜，你的朋友玛丽，她这个学期的成绩非常优秀，算术10分，法语9分。啊，她真是个好学生，她终于从自己的蜗牛壳里爬出来啦！"

她还补充说，她会把我们两个人都带到她家去，找一个傍晚，4点钟放学的时候，她会借给我们书看。

我太幸福了！我把这个好消息告诉玛丽，她正在院子里玩（正是课间休息时间），她的双眼闪动着快乐的光芒。

"啊！阿丽娜，而且你妈妈也快回来了！我快高兴过头了！"

"玛丽，不要用过头两个字，没有过头！"我抱着她，对她说。

我赶紧离开了，因为西奈特、露露，还有雅克琳娜在远处看到我，纷纷拥向我。可罗盖还在家里等着我。

我和罗盖在一起度过了一个愉快的下午，就我们两个人，咪咪舅妈为了呼吸一下新鲜空气，和方图太太出去散步了。我把撒哈拉大沙漠的绝妙图画展现在罗盖面前。

"可是，"他问我，"为什么这上面没有标出赤道线呢？赤道线就在这里，我会画，我可以用我那支黑色铅笔画上去。可，阿丽娜，我在想：赤道线真的存在吗？就是那条线，你觉得呢？赤道线是不是很粗？是实心的，还是和管道一样是空心的？你觉得，要是我平躺在上面，会不会把背烫坏？我好想……"

他开始跟我讲述他的学校生活，这让我想起，我喉咙发炎的时候，妈妈给我讲她的童年，罗盖的声音

确实有点像妈妈。

"有好几次，"他说，"课间休息的时候，我不和同学们一起去玩，而是一个人坐在长凳上，什么也不干。"

"多么奇怪的想法，你肯定也觉得很无聊吧。"

"啊，是的，不过这样，我就会觉得课间休息时间会长一点！"

可爱的小不点……艾丝特回来了，我们三个人一起一边开心地吃点心，一边做脑筋急转弯的题。艾丝特心情很好，因为她拿了两个满分，还得到了老师的表扬。

啊！现在一切都很好！

**4 月 27 日　星期二**

　　罗盖下床已经两个小时了，中午，他吃了火腿。不过，他的病态还是很明显，脸色苍白，有点懒洋洋的。我只希望，等妈妈回来的时候不会觉得他的脸色太糟糕。

　　妈妈星期四早上出发，她坐9点24分的火车。布鲁斯克的一切都打点好了，包括赔偿金的事。经过调查之后，车祸的责任不在艾米勒叔叔，而是因为标牌上没有清楚地标明："前方工程，请减速"，而且好像标牌正好掉在了地上。所以夏洛特婶婶能够领到一笔赔偿金，一年4000法郎，直到她的孩子们成年为止……4000法郎，一笔不小的数目……而且，她还找到一位寄宿生：一个10岁的小姑娘，从里昂来的，医生规定她要住在南部。她的父母是乳品商，她的名字叫克拉里斯。星期天，等妈妈走了之后，她就会到夏洛特婶婶家，因为在那之前，没有空余的床铺给她。

　　夏洛特婶婶也很舍不得妈妈走……

　　我理解她，没有妈妈，她又会觉得很伤心。妈妈要星期四下午才能到，可我仿佛觉得她已经和我们在一起了。早晨，当我一觉醒来的时候，我使劲地摇晃

255

着艾丝特。

"早上好，姐姐，早上好。"

我们一起欢笑，我们抱在一起的时候，睡衣上的带子都缠在一起了。我们穿着衬衫，跑到窗口，现在的窗子已经不会发出怪声音了。天气很好，空中飘着几朵小云彩，家家户户都打开了窗门。我们梳洗，毛巾好似在跳舞，香皂好像在漂移。罗盖一个人傻乎乎地躺在床上笑，爸爸边穿衣服边哼着小曲，当我们互相望着对方的时候，我们的眼睛似乎在说："她回来啦！"并不仅仅在我们家，整栋楼都发生了小小的变化。我经过的时候，不幸太太和诺艾米小姐不再不理我，而是对着我喊：

"我们在说你妈妈，阿丽娜，她现在一定在整理行李！"

伯吕施奶奶也是同样，她做了樱桃馅饼。

"我受不了了，"加布里埃尔这个小胖子在呻吟，"我再也爬不上楼了，这个该死的扭伤的脚！"

"嘿！"我说，"我妈妈一定会给你送好吃的下来的，你这个小馋猫！"

玛丽·高丽乃、波迪奥太太也很开心，还有阿尔蒙，他躺在床上喊我：

"你觉得她会来看我吗？要是她想到……"

他没把他的话说完，但是我听明白了，我没有回答他，因为罗盖的事，我对他很生气。

至于高波尼克先生，他昨天上楼来过，臂弯里夹着小提琴，想来看看"他的小朋友"，可咪咪舅妈没有让他进来。

"我外甥还很累，先生，医生让他好好休息，现在还不适合探望。"

咪咪舅妈说的话正好被维奥兰特听到了。可怜的高波尼克先生只得下楼，似乎一副很狼狈的样子，他拿着他的小提琴，他演奏的乐曲好像大家都不怎么喜欢……不过，等妈妈回来，一切都会不一样的！

那咪咪舅妈呢？咪咪舅妈还是做着她本应该做的事，她一直这样尽忠职守。罗盖生病的这段时间，她从来没有晚过一秒钟为他换敷料纱布，但她也从来没有更靠近他身边一点，对他笑一笑。在她和我们之间，似乎横着一道栅栏。只要我们一说起妈妈的事，她就会不声不响地走开，她会去方图家，一吐她心中的不快。这是我猜的，因为方图太太碰到我的时候，看我的表情很奇怪，很奇怪……不过我不在乎，我一点也不在乎，咪咪舅妈马上要离开我们了，我本来想为她的离开感到一点遗憾的，可是我做不到。

## 4月28日  星期三，5点钟

今天一大早，咪咪舅妈走了，真好。现在，她应该已经到家了吧，勒阿弗尔！就在昨天晚上，她对爸爸说：

"费尔南，你知道，勒阿弗尔有人叫我回去，是我的房东古奇诺先生给我写的信，信是我刚刚从门房那里拿到手的。家里的水管漏水了，他问我拿钥匙，好让水电工进去修。你知道的，我不喜欢那些工人在我不在的时候在家里到处乱走！反正就一天时间了，米内特星期四就回来……我明天一早走，坐9点10分的火车。"

明天一早！我和艾丝特面面相觑，实在很难控制住我们内心的喜悦……罗盖在床上，也忍不住对我们使眼色！

"我明白，咪咪，"爸爸说，"对于你来说，能在我们家待这么长时间，已经是非常难得了。你为我们操了那么多心，我们是永远不会忘记你的好的！"

他说啊，说啊，我都感觉有点羞愧，爸爸说的一切，倒是真的。

"我，"我说，"我会经常给你写信的，这

个……这个，见不到你，我们也会想你的！"

"是的，是的。"咪咪舅妈漫不经心地说。我注意到她看艾丝特时那种不安的眼神，很令人惊讶。可艾丝特自顾自地削苹果皮，甚至连头都没有抬一下。

我们上床睡觉了。我们睡了很长时间之后，突然，有个小小的声响惊醒了我。在透过百叶窗的微弱月光下，我看到咪咪舅妈穿着宽大的白色睡袍，轻轻地走到我身边——我一动也不敢动——她把身子倾向床边，离我那么近，近得连她的呼吸声都变得那么清晰，她看了我们很长很长时间，不过没有碰我们。之后，她叹着气，又把她那瘦骨嶙峋的手臂伸过我的额头，悄悄地抚摸了一下艾丝特的脸蛋。我可以依稀看到她的动作非常不自然，小心翼翼地，又充满着爱意。

艾丝特迷迷糊糊感觉有人摸她的脸，她翻了一个身，微笑着，轻声说：

"妈妈！"

咪咪舅妈突然直起身，害得我差点忘记自己在装睡。她好像是遭受到了晴天霹雳，我真替她感到难过，我甚至没有勇气睁开眼睛，看着她离开。我又睡着了，第二天，她又恢复了原来的样子，那么神采奕奕，我甚至怀疑自己是不是在做梦。

她从壁橱走到她的行李边，又从行李边走到壁橱旁，不知所措的样子，嘴里不断地重复着，她一定还忘记了什么东西。

"需要我帮你吗？"

"啊！不需要，你只会把事情弄得更糟糕！你还是去吃你的早餐吧！"

不过还有一个难题摆在我们面前：谁陪她去火车站呢？爸爸必须去马尔蒂乃作坊上班，马尔蒂乃先生已经答应明天早上给爸爸放半天假，让他可以去接妈妈；而我，我要看着罗盖。艾丝特把我拉到一边说：

"我不能缺课，我刚刚跟爸爸讲了，今天有法语测验！"

"你们在商量什么？"咪咪舅妈边整理行李边问。

艾丝特没有回答就跑开了，所以只得由我来向她解释。

她放声大笑："真是毫无意义的事情！我难道就不能一个人去火车站吗？"

不过，明眼人都看得出来，她心里想的跟嘴上说的不一样。我替她考虑，提议说：

"要是你不嫌弃的话，我，我可以陪你去……可以叫波迪奥太太来照顾一下罗盖，等我回来再让他起床。"

就这样，送咪咪舅妈去车站的事定下来了，尽管我们两个人心里都不太愿意。艾丝特去上学之前，漫不经心地拥抱了一下咪咪舅妈。

"再见，咪咪舅妈！"

我赶紧给她使眼色，她才不情不愿地加了一句：

"我们都感激你，你知道的！"

咪咪舅妈的目光越过她的脸颊，没有正视她。

"再见，我的小姑娘！"

可不一会儿，我们便听见艾丝特边下楼边欢快地哼着小曲，咪咪舅妈转向我，感觉很伤心。

"阿丽娜，赶紧吧！我喜欢你陪我去火车站，不过你可不能让我误了上车的时间。"

"啊！不用担心，我们还有一个多小时呢……你不去跟楼里的邻居道别吗？"

"我昨天晚上去看过方图一家了，至于其他人嘛……"

她做了一个手势，意思就是说，至于其他人，她毫不在乎。在出租车里——一辆很漂亮的红色出租车——她一直在数她的行李，数了一遍又一遍。我看着她，我又想到了昨天夜里那个伤心离去的女人。"不是同一个人。"我对自己说。然而，确实就是她，就是眼前的咪咪舅妈，所有的情感都积聚在她心里，而她依然用着一贯的命令式口吻，重复地说道，她真怕会误了上火车的时间。

一股莫名的感情把我推向她，我开始跟她讲述她喜欢听的事情，有的是真的，有的是假的，比如说，我很希望有一天能认识她的房东古奇诺先生，我们会去勒阿弗尔看望她。

"不用马上就去，不用马上就去，我的小姑娘，"她说，"一个，两个，三个……我怎么没看见那个黄色的纸盒子，你放在哪里了，你真是个粗心的孩子……啊！原来在这里……你帮我好好看着行李吧，一会儿我还要去买票！"

"好的，别着急！"

我还能为她做点什么呢？我看到一家卖报纸的，我为她挑了一份《瑞丽》，封面非常漂亮，花了我1.50法郎，我也只有这么多钱了。咪咪舅妈买完票回来的时候，我把杂志递给她，她把眼睛睁得滚圆滚圆的：

　　"是给我买的吗？你真奇怪，阿丽娜！你有没有好好看着我的行李啊？"

　　说再见的时候，我拥抱了她好几次，有为艾丝特的，也有为我自己的，她把我推开，大声说道，她要是想坐个好位子的话，就得赶紧上车了。在站台上，我向她挥手，可她根本不看我。火车开动的时候，我看见她和旁边的一位太太发生了口角，是因为关窗还是开窗的事情。

　　我出车站的时候有点想哭，在公车上，好像就没那么想哭了，下车的时候，就更不想哭了。我离家越近，就越觉得开心，我一个人偷偷地笑。我三步并作两步地上了楼梯，因为我急着回到家里，回到没有咪咪舅妈在的家里。太棒了！

　　罗盖在门后面窥视我，他已经穿好了衣服，眼睛里流露出狡黠的神情。

　　"阿丽娜！阿丽娜万岁！我准备好了，嗯，是不是觉得很惊喜啊？因为我们今天早上有一项大任务……"他故作庄重，"你肯定想不到，我们难道要让妈妈回来的时候，看到家里是这个样子吗？当然不，当然不，我们要来个彻彻底底的大变化，把一切都恢复到妈妈走的时候的模样……嗯，阿丽娜？"

他的声音，他的微笑，似乎都在请求我。可爱的罗盖……我一把抱住他，拉着他跳舞。

"你说得对，你说得对！快点，我们动作快点！我真想快点做好！"

原来这是一件这么难的事情啊！我做梦也没有想到，咪咪舅妈竟然把我们家做了这么大的改变，罗列如下：

1. 衣柜，我们把衣柜搬到原来妈妈放衣柜的地方（我在衣柜里找到了我的红项链和那本《鲁滨孙漂流记》）。

2. 妈妈的工具箱，我们把它重新放到了小桌子上。维奥兰特借给我1法郎（因为给咪咪舅妈买了杂志，我已经身无分文了），我下楼去买了一束水仙花，放在工具箱旁边。

3. 厨房里的碗橱，所有的食物和餐具。

4. 我画的暴风雨的那幅画，我重新画了一幅。时间并不是很赶，不过我已经不能再等了。我觉得这幅画画得非常成功，比之前画的那幅还要好看，海浪更加有气势。当然，我还是有进步的。

5.我在做这些事情的时候，罗盖在餐厅里走来走去。我跑过去，看见他爬上了一张椅子，在摆钟里乱翻。

"阿丽娜，我要把摆钟停下来，让它停在6点差10分上！"

"可你这样会把摆钟弄坏的！还是让我来吧，你只要拿好我的蓝色铅笔就好了……"

一眨眼的工夫，我就拿掉了钟摆，调整了指针的位置。啊！我们还是和以前那样，看着摆钟上的6点差10分吃饭，一切都恢复到了原来的样子！

现在就只剩下窗户的怪声音了，这是难度最大的。

罗盖在自己的玩具盒里找来了他做木工的全副武装，可这么小的锤子能当什么用呢？窗子动都不动，我甚至不知道该从哪里下手。

"你在做什么，小姑娘？"波迪奥太太在厨房里看到我，问我。

"我在修窗户，可家里没有一把好的锤子！"

"过来拿吧，我们家有！"

我从她家里拿了一把锤子，正好撞上艾丝特从学校回来。

"艾丝特，艾丝特，快来帮忙，我要重新让窗子发出怪声音！"

"啊，太好了，太好了，我就来！"

她扶住窗框，我敲打，终于把铰链拆下来了。

"你们楼上的，不是要把整栋楼给拆了吧！"门房在院子里朝我们喊。

"好了，马上好了，不幸太太！"

艾丝特拍了一下自己的脑门：

"等一下！"

她跑开了，回来的时候手里拿着花瓶，就是那个她坚持放在洗漱台旁边的花瓶。

现在已经11点多了，家务活怎么办？艾丝特抓起扫帚，罗盖拿起抹布，而我下楼去买牛排和土豆。这让我们想起了壁炉不通风，害得我们手忙脚乱的那一天。今天也一样，但我们手脚都很麻利，不到12点半，所有的一切都已经准备好了，餐具放好，土豆煮好。

爸爸回来了，我们把他拉去看了所有的房间，让他欣赏一下我们的劳动成果。看着那束水仙花，爸爸说："亲爱的孩子们！"看到整理一新的衣橱，他露出了微笑；看着摆钟，他开始大笑起来，可是当他听到窗户的怪声音的时候，他突然生气了：

"你们不应该……"

"爸爸，我们已经习惯这种声音了……"

这是一顿多么愉快的午餐啊！我给他们讲述了咪咪舅妈赶火车的情况，不过我们能感觉到，爸爸并不关心这件事，他只想着妈妈，妈妈也应该整理好了行李，准备出发了吧。

他很高兴，因为马尔蒂乃先生没有生他的气，而且他刚刚接到一张大订单：一家收藏6000本书的图书馆要定做一批书柜。

"6000本书？"罗盖叫道，他惊呆了，"那么，爸爸，都是一样的书吗？"

"傻孩子，你以为这个世界上只有6000本书吗？起码有60000本，十倍呢！"

罗盖长长地叹了一口气。

"哦！我肯定没有时间把这些书都读一遍，即使我能活到很久……怎么办呢？"

"哦，你可以挑最有意思的书读啊，小家伙！"爸爸回答说。

但是，我们看得出来，爸爸感到很自豪，因为罗盖这么想读书，他开始哼起歌来，不过走调走得很厉害，我们都忍不住笑得前俯后仰，直掉眼泪，我们三个都一样。

我洗完盘子就带罗盖去理发了。罗盖的脸色比之前好很多了，再加上剪了个小平头，很精神。我让他坐在我的床上，而我自己则忙着擦铜器，完成最后的一点清理工作。

4点钟，我和维奥兰特一起做功课。我从一间房间走到另一间房间，确保每个房间都焕然一新。明天来临了吗？夜晚会快点过去吗？

不幸太太告诉我说，咪咪舅妈昨天晚上根本没有收到过信。那么，就是说她对我们说了谎。修水管的事，难道是她为离开找的借口吗？可怜的咪咪舅妈，我什么都明白了。看到我们因为妈妈的归来而欣喜若狂的时候，她的心里多不是滋味啊，所以她宁愿早点离开……吃妈妈的醋当然不是一件好事，不过她也不能控制自己。我没有把这件事告诉爸爸。

## 4 月 29 日　　星期四

妈妈回来了，妈妈真的回来了，真的是她。我写作业的时候，她就坐在扶手椅里，罗盖坐在她的膝盖上。艾丝特在她右手边，爸爸站在她面前，幸福地看着她。妈妈一点都没有变，身上仍是那套黑色的衣服，还戴了一个白色的围脖。

今天早上，我们四个人一起去火车站接她，连罗盖也去了，我给他穿上了那套灰色的小西装。

时间好像过得特别慢，我们望着巨型摆钟的指针一点一点地移动：9点07分……9点15分……9点23分……鸣笛声，蒸汽喷发的声音，在站台上跑动的人们，突然，在人群里，一个穿着深色衣服的人朝我们奔过来。

"我的孩子们！"

是妈妈！爸爸紧紧地抱住她，久久不愿松开，我们用力从爸爸怀里把妈妈抢过来，一起亲吻她，罗盖在一边，艾丝特在另一边。

"走吧，走吧，"一位工作人员过来了，"这样会堵到别人不能走！你们还是回家再去亲热吧！"

我们松开了手，觉得有点难为情。爸爸让我们一起上了一辆出租车。妈妈望着我们，目不转睛地望着我们。

"我觉得艾丝特好像胖了一点点。阿丽娜脸色很好，不过帽子戴反了。"她轻轻地把我的帽子拿下来……啊！她的手碰到我的额头了，"还有我的罗盖……脸色有点苍白嘛，说说看，是不是生病啦？"

"有点不舒服，"爸爸说，"不过没事了，我一会儿再告诉你发生了什么事……"

等我们到家的时候，爸爸开始跟妈妈讲述咪咪舅妈的离去。不幸太太跑来给我们开门。

"杜拜太太，你终于回来啦！一路还顺利吧？"

整栋楼各家各户的门都敞开了，来欢迎妈妈的有伯吕施奶奶、诺艾米小姐、高波尼克先生，甚至连煤炭商都从院子里走出来。波迪奥太太说：

"我们别去吵他们，让他们一家好好聚聚！"

他们帮我们把行李拿上楼。妈妈很开心，从一个房间跑到另一个房间，活脱脱一个小姑娘的样子。她停在水仙花前，嗅着花香。

"噢！真香啊！什么都没有变，没有，所有的一切，除了这张旧扶手椅，它已经不是灰色的了！"

不一会儿，一切都恢复了以前的状态。妈妈不会再走了，我们再也不会分开了，我们一家五口。

"费尔南，"妈妈突然问，"你要对我说什么，关于罗盖的事？"

爸爸把事情的来龙去脉都告诉了妈妈，不过他尽可能地把故事说得圆满一些，比如，他对罗盖有两个晚上睡在树林的事绝口不提。但妈妈还是吓坏了，她把罗盖抱到腿上，紧紧地搂在胸前，似乎害怕他被别人抢走一样。

"坏孩子，"她不断地重复着，"坏孩子……你怎么可以做这样的事情呢？万一……"

她没有接着往下说，她再也没法往下说了，她的手一动不动地放在罗盖的脸上。罗盖的脸变得通红通红的，他微微地低下头，瞪大了眼睛盯着妈妈看，为了更清楚地看到妈妈的脸。他笑了。

"好了，"爸爸说，他也被这一幕感动了，"不要太伤心了，米内特，都过去了，罗盖不是好好地在你面前吗？我保证他以后再也不会做这样的傻事了！嘿，孩子们，我们午饭吃什么呢？我2点钟可要去马尔蒂乃作坊上班的呀！"

有妈妈很喜欢吃的兔肉，还有布里奶酪和朗姆酒蛋糕（永别了，沙丁鱼）。我和艾丝特摆餐具的时候，伯吕施奶奶带来了樱桃馅饼，她跟我们讲了加布里埃尔扭伤的情况。

271

"可怜的加布里埃尔，"妈妈说，"我会切一块你做的馅饼给他，一会儿就过来！"

我都没有提前跟妈妈说什么。啊，我们竟然就这么有默契！

我们上桌吃饭，大家各自坐原来的老位置，罗盖在妈妈身边缩成一团，害得妈妈都没办法好好吃饭，可她一点也没有埋怨他，每次都亲他一下。

"现在妈妈眼里就只有他了！"艾丝特冷冷地对我说。

妈妈好像听到了她的话，于是她开始问我们学校里的事，比如艾丝特的法语考试，尽管她早就知道这件事。

"都很好，亲爱的……那阿丽娜呢？"

"阿丽娜嘛，"爸爸说，"和艾丝特有点不同，她从星期一开始就必须待在家里，照顾她的小弟弟。"

妈妈看着我，点了点头，嘴角挂着一丝沉重的微笑，嘴里只是嘀咕着："我的阿丽娜……"不过她的口吻是那样温柔，我赶紧跑到厨房去拿剩下的奶酪，否则我的眼泪肯定会忍不住落下来。

"你看，"爸爸说，"说说你自己的情况吧，米内特，夏洛特怎么样……"

　　"不，不，"妈妈大声说，"现在还不是时候！快跟我说说你们的事，什么都行。我不在的时候，你们过得怎么样？我只想听你们说！"

　　叽叽喳喳一片！我们同时一起说，有关咪咪舅妈的，有关学校的，有关去多丽丝老师家吃点心的，这件事是我们吵得最凶的！

　　"够了，够了。"妈妈用手捂住自己的耳朵，开心地轻声说，"啊！你们吵得我耳朵都要聋啦。而且，我也得下楼拿馅饼给加布里埃尔了。"

　　她先去了伯吕施奶奶家，然后我又陪她到波迪奥家。波迪奥先生为我们开了门，我看得出来，他们夫妇俩有一点点尴尬，主要是因为阿尔蒙带罗盖出走的事。他们交换了下眼神，然后波迪奥妈妈很不安地对妈妈说：

　　"杜拜太太，你想不想看一看那个小家伙？"

　　"好啊。"妈妈回答说。

　　阿尔蒙正在听维奥兰特给他念故事。看到妈妈，他轻轻地叫了一声，然后做了个鬼脸，把脸藏到了被子里。不过，他还是伸出一只手来。

　　"你好，杜拜太太。"

"你好，"妈妈说，"他一点都没有长胖……他还发烧吗？"

"38度1，38度2。"波迪奥太太回答说，"烧稍微退了一点，不过他这是自作自受，淘气鬼，带你们家的罗盖做这种事情！啊！我跟他说了一遍又一遍，要是他生病，那……"

妈妈做了一个恳求的手势，打断了她的话。

"拜托你了，波迪奥太太，不要再说了，你难道希望……至于阿尔蒙，"她摇了摇头，"我知道他的想法，我太了解他了。好了，朋友们，再见！"

可走到门口的时候，她转过身：

"我怎么这么傻，竟然忘了馅饼的事。给，这是伯吕施奶奶做的馅饼！给，维奥兰特，这里还剩下一块，你看，肯定很好吃。阿尔蒙现在可以吃馅饼吗？"

"可以……当然可以……"波迪奥太太吞吞吐吐地说，看到妈妈一点也不生她儿子的气，她真是太意外了。

阿尔蒙拿过馅饼，咕哝了一句"谢谢"，声音很轻。当我们走到楼道里的时候，我们在平台上听到他大声对他的姐姐说：

"她竟然什么都没说，她真好！现在，我向你保证，她还是可以把罗盖交给我，不必害怕我带着他去做一些傻事，因为我明白，我非常明白，她了解我，她清楚我的想法！"

"嘘，嘘！"维奥兰特回答说，"你给我安分点，你把枕头弄坏了啦……快点，到吃药时间了！"

妈妈笑了。

"你看，阿丽娜，波迪奥太太不知道要拿他怎么办，那个阿尔蒙。对这个孩子，应该像对一个大人那样对待他。"

## 6 点钟

过了一会儿，爸爸出去了，妈妈写信给咪咪舅妈，这时玛丽·高丽乃战战兢兢地走进来，手里拿着一小束黄水仙。

"太太，我是玛丽·高丽乃，阿丽娜的朋友。我给你带来了一小束花，是为了……为了感谢你给我寄来了漂亮的明信片。"

"啊！"妈妈大声喊道，"多么漂亮的花啊！我最喜欢的就是黄水仙了！这就够了吗，难道你不想给我一个拥抱吗？"

"太太……"玛丽结结巴巴地说。没等她回过神来，妈妈已经上前拥抱她了，并在她的脸颊上亲了亲。然后，妈妈给她描绘了大海，还有离尼斯不远的土伦。

"要是你以后住在尼斯，就像阿丽娜在信里告诉我的那样，你可以去看看她的夏洛特婶婶！"

玛丽回答："好的，好的……"不过，我觉得她听得并不是很清楚，她只是感觉待在妈妈身边很温暖。她和我们一起吃小点心，妈妈很会招待人，不一会儿，玛丽就开怀地笑着，聊着，和我们好像一家人一样。她和罗盖一起玩多米诺骨牌，跟艾丝特讲学校里的事，翻看我们的书，玩我们的玩具。5点钟，当她准备离去的时候，妈妈让她回去问问她的继母，看她星期天能不能跟我们全家一起去植物园玩。这个星期天，我们还会邀请高波尼克先生来家里吃午饭：我们一起喝起泡果汁，一起唱歌，唱梦想国的歌曲！

夜幕降临，这是"属于狼和狗的时间"，维奥兰特的原话。我坐在小长凳上，妈妈的脚边，我把头靠在她的膝盖上。

"我的阿丽娜，"她对我说，"爸爸跟我说了，我离开的六个星期，你是怎么照顾这个家的，你是怎么全心全意照顾小弟弟，照顾艾丝特，照顾爸爸的，你想尽办法做本来应该我做的事。不过，我一点也不感觉意外，亲爱的，我知道我可以完全相信你，放手让你去做。"

她不说话了，我无法作出回应。她的手轻轻地抚摸着我的头发。一切都是那么美好，一切都是那么温暖，这个小小的天地，这个围绕着我的童年世界。可我已经和从前不一样了：当你必须面对一些事情的时候，你就不得不改变，当伤心降临到你身上的时候，你就只能依靠自己来克服。现在一切都过去了，妈妈回来了，"不过，"我对自己说，"既然我已经懂事，我就可以帮助她，给她做一个比之前更得力的助手"。我突然感觉信心百倍，勇气十足。

# 自然美好的童年人生

李利芳

　　阿丽娜的日记从2月10日记到4月29日，在不到3个月的时间里，她的身边竟然发生了这么多有趣有味、令人感动而又难以忘却的事情。每一个正在成长中的孩子，看着阿丽娜的故事一定会感同身受，倍觉亲切，因为呈现在日记里的并不仅仅是属于阿丽娜自己的短短两个多月的童年经历，而是一段浓缩的自然美好的童年人生。这就是优秀儿童文学作品的关键指标。故事虽然发生在异国孩子的身上，可是中国的孩子在跨文化交流中不会有丝毫障碍，因为纯粹的童年体验是无国界的。戈勒特·维维耶很精彩地再现了这种体验。

　　阿丽娜在日记中絮絮叨叨地讲述了很多事情，都是属于孩子自己的。戈勒特·维维耶用文字捕捉与还原童年世界的能力令人钦佩，作品相当真实地创建出一个不到11周岁的法国孩子的生活空间及生活内容。学校、家庭、社区，同学、师生之间，父子、母子、姐妹、姐弟、亲戚之间，朋友之间，邻里之间……各种各样的社会关系，构成了阿丽娜简单而又丰富的童年人生。这些过程每个人都会经历，大人或孩子，都曾经或正在自然自在地度过这样的时光，不过最终这些岁月都将从我们的指缝间悄悄溜去，再不返回。在你拥有的时候你不曾感觉其珍贵，也难以意识到它的美好，不过一旦透过文字用情感与思想再造那个世界时，我们就开始真正被感动。这时我们是在作自觉的审美，这就是用语言文字创建出的故事世界的特殊美学价值。戈勒特·维维耶为我们提供了这样的世界。

　　从孩子到成人，作品中的每个人物都是我们审美的亮点。阿丽娜是中心主人公，她是普通人家的一个孩子，我们从她居住的环境就可以看出。她非常平凡，代表了现实中绝大多数的孩子。戈勒特·维维耶没有刻意经营作品的主人公，这种自然朴素的儿童观很值得我们注意。作者关注的就是孩子本身。阿丽娜身上呈现出正常孩子的一切特征：学习不是特别突出，但基本说得过去，想表现优秀但时有犯错，在家里虽理解父母但也经常与姐姐弟弟发生小矛盾，有时很懂事乖巧但又不能一直坚持下去……总之，阿丽娜的生活有烦恼，也有快乐，不过从阴雨绵绵到云开雾散，变化总是很快。这就是简简单单的孩子的心灵。阿丽娜很善良，有属于平凡女孩的那种本色之美，无论在学校还是在家庭，这一点都在她的所作所为中体现得很明显，尤其是与姐姐艾丝特对照看，阿丽娜的善解人意与朴素之美就更突出。艾丝特也是个很可爱的女孩，这样的孩子也并不鲜见，她们学习很上进，各方面都很出色，难免就有一些孤傲，在人际关系的亲和力与通融度方面稍差一些，但本质上一样也是纯真的孩子。罗盖是个更可爱的小男孩，他的故事实在是太有趣了，他对姐姐及妈妈的情感眷恋很打动人。还有很多其他的孩子，戈勒特·维维耶都塑造得很成功，每个人都个性鲜明，绝不雷同。

作品中的大人形象写得很自然，没有刻意雕琢。多丽丝小姐是一位学生喜欢的老师，她对学生有批评，但更多的是喜爱与理解，她与孩子间的关系让人觉得很温暖很美。阿丽娜的妈妈也是让我们喜欢的一位女性，她温柔善良，热爱孩子，有时又很单纯可爱，孩子们是那么地依恋她，尤其在她不在家的那段时间里，真挚深刻的母子感情被体现得淋漓尽致。阿丽娜的爸爸很开明，他与妈妈一样，都给了孩子自然宽松的成长环境，但他毕竟是一位男性，在妈妈不在家的日子里，他连自己的袜子都找不着，还得女儿帮他找，这一个细节写得非常真实生动。咪咪舅妈是和孩子们相处较多的另一个人物，她很热心地帮助了这一个家庭，但在孩子们的心目中，她永远不能替代妈妈的地位，而且她的有些做法是孩子们难以接受的，孩子们希望大人民主平等地对待他们，不是刻意的讨好就能被他们所接受的。还有其他的邻居，每一个人物都写得活灵活现，尤其是那个小提琴手高波尼克先生，给我们留下了很深的印象。

好的作品提供给读者欣赏的东西是多层次的，可供我们分析的审美要素很多。本篇作品就是这样，除去思想内容层面，它的语言结构也值得称道。语言采取了孩子自叙的方式，口语特征较浓，阅读起来朗朗上口，对现象及人物内心世界的揭示都很成功。作品虽然以日记体的方式展开叙述，表面看是依照时间的自然推进记述孩子的生活，但日记所讲述的内容还是有一个内在的有机结构的。比如开篇就是人物的自我介绍，接下来相关人物与事件依次出场。2月28日的日记讲的是写信给咪咪舅妈，还介绍了夏洛特婶婶，这就为后面的事件埋下了伏笔。之后妈妈离家，对妈妈的思念逐渐达到高潮，直到罗盖出事，妈妈归来，高潮逐渐平缓，故事结束。中间所记叙的内容虽然很多，很生活化，但事件的选取其实又都很典型，不是流水账式的对生活的复制，叙事显然很紧凑，内在线索很分明。

还有一些超越日常生活之上的属于诗性审美的东西也值得一提，这主要是对阿丽娜丰富的内心世界的展示。比如阿丽娜病好后外出散步，看到春天来了后的思绪——"我想念真正的乡村，突然，我忍不住想哭，因为我是那么想生活在乡村。"还有阿丽娜听到高波尼克先生的琴声时的感受——"总有一些像这样的东西，可以让你如此舒心，仅仅是因为它们的美好，那样美好！曲调时升时降，我的心也跟随着音乐，在音乐声停下的那刻，我似乎也要倒下了。"阿丽娜一下觉得与高波尼克先生的心靠得那么近。还有妈妈在阿丽娜生病的时候对她所说的一段话：

"又有谁会知道我们前面的路会是什么样的，如果曾经有过一段美好的童年，等长大了，这将成为一种有力的支撑……"

这段话很纯粹地体现出作者美丽深刻的儿童观与儿童文学观，也是指引我们理解这篇作品的关键所在。

（作者系兰州大学文学院教授、博导、院长，文学博士，从事儿童文学研究）

Original title : La maison des petits bonheurs

Text by Colette VIVIER, illustrated by Serge BLOCH

Original French edition and artwork © Editions Casterman 1996, 2004, 2008

All rights reserved.

Text translated into Simplified Chinese © Hunan Juvenile and Children's Publishing House 2010

**图书在版编目（CIP）数据**

我的小小幸福 /（法）戈勒特·维维耶著；沈珂译.
长沙：湖南少年儿童出版社，2025.4. --（全球儿童文
学典藏书系）. -- ISBN 978-7-5562-7915-9

Ⅰ. Ⅰ565.84

中国国家版本馆 CIP 数据核字第 2024BQ5179 号

WO DE XIAOXIAO XINGFU

# 我的小小幸福

总 策 划：胡隽宓　　　　　　责任编辑：畅　然
质量总监：阳　梅　　　　　　装帧设计：陈　筠
插图绘制：[法]塞吉·布洛克

出 版 人：刘星保
出版发行：湖南少年儿童出版社
地　　址：湖南省长沙市晚报大道 89 号
邮　　编：410016
电　　话：0731-82196340（销售部）
经　　销：新华书店
常年法律顾问：湖南崇民律师事务所　柳成柱律师
印　　刷：湖南立信彩印有限公司
开　　本：880 mm × 1230 mm　1/32
印　　张：9.25　　　　　　　　印　　数：1—5000
字　　数：133 千字　　　　　　书　　号：ISBN 978-7-5562-7915-9
版　　次：2025 年 4 月第 1 版　　印　　次：2025 年 4 月第 1 次印刷
定　　价：34.00 元